新潮文庫

生き抜くための
ドストエフスキー入門

—「五大長編」集中講義—

佐藤　優著

新潮社版

11520

生き抜くためのドストエフスキー入門＊目次

生き抜くためのドストエフスキー入門

「五大長編」集中講義

本書で引用されるドストエフスキーの著作からの引用は、新潮文庫版による。

はじめに　危機の時代の作家

こんにちは、佐藤優です。

これから、みなさんと一緒にドストエフスキーの五大長編、つまり『罪と罰』『白痴』『悪霊』『未成年』『カラマーゾフの兄弟』を読んでいきたいと思います。

二〇二一年はドストエフスキー生誕二〇〇年にあたります。二〇〇年前、一八二一年といえば日本では文政《ぶんせい》四年、まだ江戸時代ですから、ずいぶん大昔に生まれた作家だなという感じがしますね。ちなみに夏目《なつめ》漱石《そうせき》が一八六七年生まれ、森鷗外《おうがい》が六二年の生まれになります。

そんな昔に生まれたドストエフスキーの小説は、いまだに世界中の人びとに読まれているし、きっと今から一〇〇年後にも変わらず読まれているに違いありません。時代を超えたその魅力は一体どこにあるのでしょうか？　そして一〇〇年前でもなく、また一〇〇年後でもなく、現代の日本に生きる私たちはどんな意識をもって読めばいいのでしょうか？　そんなことも一緒に考えてみたいと思います。

振り返ってみると、ドストエフスキーはこれまでも危機の時代によく読まれてきた作家です。新型コロナウイルスの流行によって世界的に格差が拡大しつづけている今もまた、まさに読まれるべきタイミングと言っていい。ドストエフスキーは、資本主義が誕生し急速に発展していく時代の只中《ただなか》を生きた作家なので、作品の背景にはつねに格差や社会の歪《ゆが》みと、そこであがきながらも必死で闘う人間が描かれており、われわれが共感する点が多いのです。

現在の日本で格差を描く力がある代表的な作家は雨宮処《あまみやか》凛《りん》さんでしょう。雨宮さんは、犬猿の仲である共産党と公明党、両方のメディアに登場しつつ、れいわ新選組代表の山本太郎さんの側近も務めている。そんな幅広さが彼女にあるのは、イデオロギーに捕らわれず、つねに目の前にある貧困問題を第一に考えているからで、その徹底した現場主義を私は尊敬しています。

その雨宮さんが『コロナ禍、貧困の記録』（かもがわ出版）という本を出しました。コロナ禍が襲った二〇二〇年春から年末までの貧困当事者の声とそれに応じた活動をまとめたものです。たとえば、一度目の緊急事態宣言中の二〇年四月に開かれた生活電話相談には、派遣先のデパートが休業して収入がなくなった人、コロナウイルスに感染して入院し、退院しても雇い止めになって最後の給与は手取り七万円しかなかったという人、自宅の家賃も経営する店舗の家賃も払えない人、そして「コロナに感染してもしなくても死ぬしかない」というところまで追い詰められた人たちの切迫した声が寄せられました。

さらに同年八月の相談会で、雨宮さんが「コロナが生活を直撃する直前までと比較して、どれほど月収が下がったか」と質問したところ、自営業者はマイナス一一万四〇〇〇円、派遣社員がマイナス九万二〇〇〇円、フリーランスがマイナス六万円となっていることがわかった。派遣社員の月収を非正規の平均年収の一七九万円として計算すると、月収にして約一五万円。そこから九万二〇〇〇円マイナスすると、残りはわずか五万八〇〇〇円。東京では家賃を払うことすら難しい額です。では「地方に移住すれば」と言っても、地縁・血縁のない人が地方で仕事を見つけるのは至難の業だし、運よく仕事が見つかっても引っ越す資金がない。八方塞《はっぽうふさ》がりの状況で路上生活へ移行するか、自ら死を選択する人も増えているわけです。

また雨宮さんは、貧困当事者としてメディアに登場した人物が、「ほんとに貧困なのか」と責められる〈貧困バッシング〉、そして「お前より大変な人がいるのだから、現状をありがたく思え」といった形で貧困当事者を黙らせる〈犠牲の累進性《るいしんせい》〉が深刻化していることも指摘しています。

一方で私は、新型コロナのおかげで、株で一〇〇〇億円儲《もう》けた人や、「これで土地やビルの値段が下がる、うちの会社の発展にはまたとないチャンスだ」と大喜びする企業経営者を知っています。現に今（二〇二一年夏）、都内の高級レストランの個室は予約でいっぱいですよ。コロナで社会が流動化し、特に東京で貧富の格差が拡大していることが皮膚感覚でヒリヒリと感じられます。

緊急事態宣言をめぐって、「優先すべきは命か、経済活動か」という議論がありますね。もちろん命の方が大事に決まっているけれど、そもそも私たちが生きる資本主義社会は労働力を商品化する、すなわち命とカネを交換するシステムで成り立っています。システムのどこかに手を加えないと格差は止まりませんが、実際にどうすれば有効なのか、これはかなりの難問です。

こういう難しい時代にドストエフスキーを読むのは、大きな意義があります。作品の中にひそむ〈生き抜くためのヒント〉を一緒に探していきましょう。

ドストエフスキーの予言性

作家が長編小説を書くのは複数のテーマを作品に込めたい時です。逆に言えば、どのテーマで読むかによって、複数の読み取り方が可能になります。

たとえば二一世紀の今この瞬間に『罪と罰』を読むのならば、私はエピローグが現在とアナロジカル（類比的）に読めて面白いと思う。一例として、金貸しの老女を殺した主人公のラスコーリニコフがシベリアの監獄で熱にうかされて見た夢のシーンを読んでみましょう。

> 彼は病気の間にこんな夢を見たのである。全世界が、アジアの奥地からヨーロッパにひろがっていくある恐ろしい、見たこともないような疫病《えきびょう》の犠牲になる運命になった。ごく少数のある選ばれた人々を除いては、全部死ななければならなかった。それは人体にとりつく微生物で、新しい旋毛虫のようなものだった。
>
> （『罪と罰』工藤精一郎《せいいちろう》訳、下巻五七三ページ）

アジアから全世界に新しい疫病が蔓延《まんえん》していく。どこかで聞いたような話でしょ？

しかもこれらの微生物は知恵と意志を与えられた魔性《ましょう》だった。これにとりつかれた人々は、たちまち凶暴な狂人になった。しかも感染すると、かつて人々が一度も決して抱《いだ》いたことがないほどの強烈な自信をもって、自分は聡明《そうめい》で、自分の信念は正しいと思いこむようになるのである。自分の判決、自分の理論、自分の道徳上の信念、自分の信仰を、これほど絶対だと信じた人々は、かつてなかった。

（『罪と罰』下巻五七三ページ）

中国でも、アメリカでも、ロシアでも、人びとはどんどん偏狭になり、「自分たちこそが正しい」と絶対の自信を持っている。ステイホームを余儀なくされて考えが悪い方向へ煮詰まって、異なる人や文化を認めたくない心理的構造に陥っているからです。

全村、全都市、全民族が感染して、狂人になった。すべての人々が不安におののき、互いに相手が理解できず、一人一人が自分だけが真理を知っていると考えて、他の人々を見ては苦しみ、自分の胸を殴りつけ、手をもみしだきながら泣いた。誰をどう裁いていいのか、わからなかったし、何を悪とし、何を善とするか、意見が一致しなかった。誰を有罪とし、誰を無罪とするか、わからなかった。人々はつまらないうらみで互いに殺し合った。

（『罪と罰』下巻五七三ページ）

まるで現在の世界みたいでしょう？　引用はここまでにしますが、まだスペイン風邪のようなグローバルなパンデミックが出現していない時代に、ドストエフスキーはこういうイメージを見事に描いていたんだからすごいよね。

数年前の日本の小説だと、村田沙耶香《さやか》さんの『地球星人』（新潮文庫）も、現在のコロナ禍で人びとが生き延びるために煮詰まっていく姿をアナロジカルに鋭く提示しているように読めます。このアナロジーという手法を使って思考を深めていくことは、私の専門である神学の世界でよく使います。ドストエフスキーを読む際にもアナロジーは有効な方法です。

父親が殺される

では、まずドストエフスキーの生涯を簡単に見ていきましょう。

フョードル・ミハイロヴィチ・ドストエフスキーは一八二一年一〇月三〇日、モスクワに生まれます。これはユリウス暦で、われわれが使っているグレゴリオ暦だと一八二一年一一月一一日になります。

最初に言った通り、一八二一年は文政四年。二年後にはシーボルトが来日し、四年後には幕府によって異国船打払令《うちはらいれい》が出される幕末の頃です。ちなみにドストエフスキーに生年の近い有名人は、一八二三年生まれの勝海舟《かつかいしゅう》、二五年の岩倉具視《ともみ》、二七年の西郷隆盛《たかもり》あたりかな。西郷さんは大昔の人だという感じがするけれど、ドストエフスキーが描いている世界はかなり現代に近い感じがしませんか？　このことは西郷さんが資本主義と関係がなく、ドストエフスキーは資本主義のある世界に生きたことと関係しているのかもしれない。そんな時代感覚の違いがあることも押さえておきましょう。

　母のマリアは商家の出身で、父のミハイルは慈善病院に勤務する八等官の医者でした。ミハイルはドストエフスキーが一〇歳（以下、その年の誕生日以後の年齢で表記）の時、モスクワから一五〇キロほど南に位置するトゥーラ県ダロヴォーエ村と隣のチェルマシニャー村を購入します。この辺りの村は後に『カラマーゾフの兄弟』の舞台のモデルになります。

　ドストエフスキーが一六歳（一八三七年）の時に母マリアが肺結核で死去し、七人の子どもが残され、父親はドストエフスキーと兄ミハイルをサンクトペテルブルグの全寮制の予備士官学校へ入れます。翌年、ドストエフスキーだけ中央工兵学校に入学。

ここは城や橋を作る技術を学ばせる、当時のロシアでは超エリート校です。しかし集団生活が苦手なドストエフスキーは校風にも馴染《なじ》めず、成績も悪くて一年目は留年しています。

一八歳（一八三九年）の時、父親がチェルマシニャー村の外れで殺害されました。死因は喉《のど》に布切れを詰め込まれての窒息死で、農奴に乱暴狼藉《ろうぜき》を働いていたから恨みを買ったんですね。この父親、あるいは父親の死がドストエフスキーと彼の文学にどんな影響を及ぼしたかは昔から大きな研究テーマになっていて、古典的なものだと精神科医フロイトの『ドストエフスキーと父親殺し』（光文社古典新訳文庫）があるし、最近ではロシア文学者の亀山郁夫《かめやまいくお》さんが『ドストエフスキー　父殺しの文学』（NHK出版）で詳細に分析しています。

私が注目したいのは、父殺害の報《しら》せを聞いたドストエフスキーがあまりのショックに初めて癲癇《てんかん》の発作を起こしたことです。この病気は宿痾《しゅくあ》となって、ドストエフスキーに生涯ついてまわるのですが、彼は癲癇の発作を起こしたあとに傑作を生み出すことが多いですし、登場人物がこの病を持っていることも多いのです。新潮社版『ドストエフスキー全集』の別巻にはレオニード・グロスマンというソビエトの有名作家が詳細に調べ上げた、膨大なドストエフスキーの行動記録が載っていて、そこには癲癇の発作についても克明に記述されています。

余談ですが、戦前から戦後にかけて活躍した作家のグロスマンは、なぜこんな気の遠くなるような調査研究をしたのか？　スターリン体制下のソビエトでは才能ある作家たちが創作の自由を奪われていたから、作家たちは優秀であればあるほど、その抑圧されたエネルギーを古典文学研究に注ぎこんだのです。その一例がグロスマンのドストエフスキー研究ですよ。

創作の自由がない一方で、潤沢な国家予算を与えられていましたから、八〇年代にペレストロイカが始まるまでのロシアの文学全集は質が高かった。ドストエフスキー全集も、いちばん優れたものは一九七〇年代にソ連科学アカデミー・レニングラード支部から出されはじめた全三〇巻のもので、アカデミックなテキスト検証なども全《すべ》て押さえてあります。ちなみに『ドストエフスキーと現代』という本は、一九七一年にドストエフスキー生誕一五〇周年記念として刊行された論集を、モスクワのプログレス出版所が日本語に翻訳して活字まで組んで、八〇年に刊行したものです。ソ連の国威宣伝のために作られたものですが、内容はしっかりしており、おすすめですよ。

ちなみに、ソ連時代の書籍には誤植がほとんどありません。アンドレイ・タルコフスキー監督の『鏡』という映画を観《み》たことある？　タルコフスキー自身を投影した少年が主人公なんだけど、母親が校正の仕事をしていて、明け方に「誤植があったんじゃないか」と不安になって、雨の中を印刷所まで駆けつけてゲラをチェックする印象的な場面があります。ソ連では一冊の本を作るのに三年から五年もかけるので、当然何度もゲラを読む。そして、誤植を出した場合は編集者・校正者は仕事に誠実でなかったと見なされてクビになります。それくらい厳しかった。もし活字で「スターリン」と組むところを間違えて「スラーリン」と組んでしまったら、これは「垂れ流し野郎」という意味になるので、クビどころかシベリアに二五年ぐらい送られかねなかったんです。

国家の怖さを知る

学校時代のドストエフスキーは読書に熱中し、小説の習作の執筆も始めました。二二歳（一八四三年）で卒業して陸軍少尉《しょうい》になり、工兵局製図室というエリート部署に配属され、一方でバルザックの『ウジェニー・グランデ』をロシア語に翻訳もしています。フランス語の能力も相当あったんですね。

二三歳（一八四四年）のときに相続権を放棄して、なおかつ工兵局を辞め、背水の陣で小説を書き始めました。これが今も新潮文庫で読める『貧しき人びと』、ジェーヴシキンという中年の九等官と貧しい孤児ワルワーラの交わした書簡形式の作品で、「人生のわびしさや辛《つら》さがみごとに描かれている」と文壇から絶賛され、一八四六年に華々しいデビューを飾ります。

ところが、続く『分身』『プロハルチン氏』『白夜』は全く評価されず、「ドストエフスキーは貧しい人々に光を当てる社会正義派の作家だと思っていたのに、じつは弱者の滑稽《こっけい》でグロテスクな心理や行動を描こうとする異常な作家だった」と批判されました。こうした掌返《てのひらがえ》しに彼は反発するように、「ペトラシェフスキーの会」へ接近していきます。会の主宰者、ミハイル・ペトラシェフスキーは「帝政を打倒して社会主義的なユートピアを作ろう」と唱える、かなり過激な空想的社会主義者です。

そして運命の一八四九年四月一五日、二八歳の彼はサロンの会合で、それまで公表を禁止されていた、批評家ベリンスキーが作家ゴーゴリに宛《あ》てた手紙を読み上げました。

この手紙は、ロシア正教会に対する徹底した批判につらぬかれ、神に仕える敬虔な民衆という通念をしりぞけつつ、将来における政府転覆の可能性をも匂わせる内容を含んでいた。

だがこの会合には、以前から秘密警察（皇帝直属第三課）のスパイが送りこまれており、その一部始終が当局に筒抜けとなっていた。ドストエフスキーの朗読についてもくわしく報告がなされ、メンバーの反応についてこう記されている。

「四月十五日。……ベリンスキーはロシアとロシアの民衆の現状を論じている。……正教はあらゆる宗教のなかでもっとも卑劣な宗教であり、常に権力の武器となり、世俗の権力に服従してきた。……ロシアの民衆は宗教的感情など持っていないし、神秘主義に走るほど愚かではない。……この手紙は、一同を有頂天にした。……要するに、全員が電気ショックを受けたかのようだった」

（亀山郁夫訳『カラマーゾフの兄弟5』エピローグ別巻
［二〇〇七年、光文社古典新訳文庫］「ドストエフスキーの生涯」より）

この結果、ドストエフスキーを含むペトラシェフスキーの会のメンバー三四人が逮捕されて、裁判で死刑判決を言い渡され、一二月二二日、死刑執行のため練兵場に連れ出されました。しかしこの時、ドストエフスキーは死を全く恐れていなかったのです。むしろ「おれは自分の主義主張を通して、悔いなく生涯を終えるんだ」と腹をくくって抵抗もせずにいた。ところが、いよいよ撃たれるという直前、皇帝の勅使《ちょくし》が現れ、「特赦が下った。シベリア流刑《るけい》に減刑する」と告げられます。これは皇帝の力を示す、うまいやり方だよね。もちろん、全ては最初からお膳立《ぜんだ》てが整えられていた、お芝居だったわけです。

この経験はドストエフスキーを大きく変えました。死をも恐れなかった彼は、「自分はこのあとも生き続けなければいけないんだ」とわかった瞬間から、国家をひどく恐れるようになった。国家は人の命を奪うだけではなく、人に命を与えることもできる、つまり神に次ぐような力を持っていることを皮膚感覚で知ってしまったんだね。

じつは私自身にも似たような体験があります。私は鈴木宗男《むねお》事件に連座して二〇〇二年五月一四日に逮捕されました。最高裁まで争いましたが〇九年六月三〇日に最高裁が上告を棄却、懲役二年六カ月と執行猶予《ゆうよ》四年の刑が確定しました。執行猶予がつくと、満期日を無事に過ぎれば刑がリセットされます。私は執行猶予中に、赤信号で横断歩道を渡って道路交通法違反だとか、つまらない法律違反をしないよう注意深く過ごしていたものの、正直、「国家権力は怖い」なんてあまり思っていませんでした。逮捕から執行猶予満期までの一一年間、「おれは外務省で普通に仕事をしていただけなのに、なんでこんな目に遭うのか」と理不尽な思いを抱えて過ごしていただけです。ところが満期日である二〇一三年六月三〇日が過ぎて七月一日になった瞬間、突然、体が震えた。怖い。こんなことは二度とごめんだ、と心底思った。

　ドストエフスキーの恐怖は私の比ではなかったでしょう。彼は、自分の人生はこの時に終わって、あとは余生だとさえ思ったんじゃないだろうか？　皇帝への忠誠心や、「自分は良きロシア正教徒である」などと体制順応派であることをたびたびアピールする彼の過剰さは、この経験から生まれてきたと私は見ています。

監獄での体験

　シベリアのオムスク監獄まで徒歩で向かう途中、彼は聖書――一説には当時迫害を受けていた分離派の聖書だったと言われていますが――をもらい、獄中に唯一《ゆいいつ》持ち込むことのできた本であるこの聖書を徹底的に読み込みました。また彼は「監獄での四年間に人間観察の眼を養うことができた」と振り返ってもいます。これも私にはよくわかる話です。窮地に陥ったときの体験は、その人のその後の人生の思考や感受性に大きな影響を与えます。

　一八五四年、三三歳の年に刑期を満了し、中央アジア・セミパラチンスクのシベリア守備大隊に兵卒として送られました。中央で軍のエリート幹部になるはずだったドストエフスキーのような男にとって、これは屈辱だったでしょう。しかも、悪い癖が騒ぎ出します。彼はなぜか人の奥さんを好きになる不倫癖があって、県庁の書記イサーエフの奥さん、マリアを好きになってしまった。そして一八五五年、日露通好条約が結ばれ日本とロシアの外交関係がスタートした年にイサーエフが死に、翌々年マリアと結婚。『小英雄』の執筆もし、作家として再出発しました。

三八歳（一八五九年）で皇帝に嘆願していた兵役解除が認められます。つづいて首都への居住も認められ、彼は一〇年ぶりに首都サンクトペテルブルグに帰還して、警察の監視は常に受けつつも、再び専業作家の道を進み始めました。兄と雑誌「時代」を創刊、翌年からシベリア監獄での経験をまとめた『死の家の記録』を執筆、続けて『虐《しいた》げられた人びと』を発表します。

一八六一年は農奴解放令が出されロシアの社会構造が大きく変わる年で、革命派と見られていたドストエフスキーは、そのころから保守派の作家として活動を始めます。検閲と監視を恐れた彼が文章を書いて生きていくためには、社会革命への情熱や無神論は自分の中に封じ込め、別の顔をしなくてはならなかったのでしょう。ドストエフスキー作品の登場人物たちがそれぞれに独立して自らの考えを主張し、その響き合いが作品を構成する様子は「ポリフォニー（多声性）」と評されますが、ドストエフスキー自身の中にも複数の彼がいるのです。そこを知ることがドストエフスキーを読むうえで重要になってきます。

博打《ばくち》で自転車操業

一八六三年、兄ミハエルと作っていた「時代」が発行停止になり、私生活では妻マリアに飽きてきたドストエフスキーは作家志望の女性とイタリアへ不倫旅行に出掛けます。この時にハマってしまったのがルーレット賭博《とばく》で、これ以降は印税のほとんどをルーレットにつぎ込み、借金返済のために原稿を書くという自転車操業の生活になっていきました。

当時の編集者というのがまた悪いんですよ。作家に金を貸し付け、常に借金漬けにしておいて原稿を取り立てるのです。今よりも出版の博打性が強い時代で、当たれば大きいから、売れる作家はどんな手を使っても繋《つな》ぎとめようとする。「先生、博打も女性もどんどんやってください。お金の面倒は見ましょう。代わりに原稿は書いてね」というわけです。しかもドストエフスキーは借金をしている負い目があって、原稿料の交渉を一切しなかったので、他の作家に比べて原稿料がずいぶん安く抑えられていました。

東京大学教養学部でロシア文学を教えていた中村健之《けんの》介《すけ》先生の『ドストエフスキー

のおもしろさ』（岩波ジュニア新書）によると、『罪と罰』『白痴』『悪霊《あくりょう》』の原稿料は全紙一枚（一六ページ分）で一五〇ルーブル、『未成年』が二五〇ルーブル、『カラマーゾフの兄弟』が三〇〇ルーブル。同じころツルゲーネフは同じ枚数で五〇〇ルーブルだったから、激安ですね。だから量で稼ぐしかない。ますます悪循環になっていく。それで質が低くならなかったのだから凄《すご》いと、ドストエフスキーを褒めてもいいのだけれど。

四三歳（一八六四年）の時、またお兄さんが雑誌「世紀」を発行し、ここに『地下室の手記』を発表。しかしこの年、マリアとお兄さんが相次いで亡《な》くなってしまい、ドストエフスキーは非常なショックを受けました。そんな彼の前に強力なライバルも現われます。彼より七歳も若く、超名門貴族の息子でエレガント、財産も潤沢で高級官僚でもあるレフ・トルストイです。『戦争と平和』の連載が巷《ちまた》ですごく評判になっていて、ドストエフスキーはすこぶる面白くなかった。しかも兄貴が借金を残して死んじゃった上、雑誌も潰《つぶ》れてしまった。そんな逆境で、「おのれ、トルストイ。あんな奴《やつ》はぶっちぎって文壇を見返してやるぞ！」と燃えて書いたのが『罪と罰』でした。

これは連載中から大変な評判を得ることができた。

ところが彼は、三〇〇〇ルーブルに目がくらみ、やり手の編集者ステロフスキーと六五年夏に、「六六年一一月一日までに長編小説を書き下ろす、この約束を破ったら今まで書いたものも今後書くものも著作権は全部ステロフスキーが保有する」といった内容の、とんでもない契約を交わしてしまいます。しかも『罪と罰』も執筆中とあって、追いつめられたドストエフスキーは、長編を並行してもう一本書くにはこれしかないと口述筆記を採用します。アンナさんという有能な速記者を見いだして、一番得意で、好きで、詳しくて、かつ泣かされてもきたルーレットを題材に、『賭博者』（新潮文庫）という小説をみごと期日までに——たった二七日間で——仕上げました。ドストエフスキーは自分の運命を救ってくれたアンナに求婚し、二番目の奥さんにします。

そして、このアンナが最高の〈作家の妻〉でした。外部との連絡も借金の取り立てもすべて処理して、夫を書くことだけに専念させます。もちろん口述の速記もしてくれる。のちには出版社や編集者に牛耳られないよう、『白痴』や『悪霊』を自費出版して書籍商に卸すなんてこともしてくれた。こうしてドストエフスキーはようやくベストな創作環境を手に入れたわけです。

彼の五大長編はわずか一五年の間に書かれています。それ以外にも中編小説や短編小説やエッセイや評論をたくさん書いているし、口述筆記のおかげとはいえ、パソコンはもとよりタイプライターもない時代に驚異的な執筆量ですよ。文体は作家の思想の反映でもありますが、逆に、文体が思想に大きな影響を与えることもあります。口述による文体がドストエフスキーの思想にどういう深みや変化を与えたのか、これは研究すべきテーマでしょう。

『罪と罰』と『賭博者』を無事発表した翌年の一八六七年、国内の借金取りから逃れるためもあり、アンナと二人で出国し、四年にわたってヨーロッパ各地を転々としました。その間『白痴』『永遠の夫』『悪霊』を書く一方、相変らず一攫《いっかく》千金を狙《ねら》ってのルーレット三昧《ざんまい》です。うまく行くわけはなく、ロシアからの原稿料や質草を元手に綱渡りの生活を送ることになります。ちょうどこのころ、日本では明治維新が起き、ドイツではマルクスの『資本論』第一巻が刊行されました。ロシアを含め、ヨーロッパ全体で資本主義経済がどんどん拡《ひろ》がっていく様子を頭の片隅に置いておきましょう。

一八七一年、五〇歳の時に『悪霊』の連載を始め、ドストエフスキーは四年ぶりに帰国しました。ところが、いよいよドレスデンを発《た》ってペテルブルグへ帰るとなった時に、ドストエフスキーは皇帝官房第三課（政治秘密警察）に『白痴』と『悪霊』の原稿を読まれたら、また投獄されるんじゃないかと悩み始めました。ノイローゼみたいになって、なんと草稿を焼却までしましたが、アンナが気を利《き》かせて彼の創作ノートを別途帰国するお母さんに預けていたおかげで、後に完成させることができたのです。アンナの機転がなかったら、これらは存在しなかったかもしれない。このへん、ドストエフスキーも後世の読者もアンナさまさまですね。

『カラマーゾフの兄弟』まで

帰国後は「市民」という雑誌の編集長を引き受け、ドストエフスキーはここで『作家の日記』の連載を始めますが、一年後には「市民」の編集を離れます。そして一八七五年、五四歳で進歩派の雑誌「祖国雑記」に『未成年』を連載。「僕の理想はロスチャイルドになることだ」と宣言する私生児の青年の物語で、今で言うと「三木《み き》谷《たに》浩《ひろ》史《し》さんや堀江《ほりえ》貴文《たかふみ》さん、村上世彰《よしあき》さんたちが未成年だったら」と思わせる物語です。私は五大長編の中ではこれが一番好きなのだけれど、長編小説四、五冊分ぐらいの内容を一冊に詰め込んだ感じで読みにくいんですね。おそらくドストエフスキーは、そろそろ人生の持ち時間が少ないことを予感して、書きたいことを全部入れてしまったんじゃないかな。この後に書かれた『カラマーゾフの兄弟』は、『未成年』で書いたテーマを敷衍《ふえん》していっているように思います。

またこのころ、彼は「モスクワのソクラテス」と言われていたニコライ・フョードロフの思想に衝撃を受けています。フョードロフの思想は、近未来において科学が発展し、死んだ人間をもう一度生き返らせることができるようになる、というものです。そうなると当然、地上に人間が満ちあふれて、土地や空気が足りなくなるから、人類が生存可能な天体を探して移動しなければいけないと、宇宙船を構想したりもしています。今のロシア国立中央図書館、当時のルミャンツェフ博物館書籍部の司書だったフョードロフは独身で、食べ物にもこだわらず、毛布だけを持って図書館に住んでいる、まさに本の虫です。ドストエフスキーもトルストイも、有名な哲学者のウラジミール・ソロヴィヨフも、みんな彼の話を聞きに行っていました。

一八七七年、五六歳のドストエフスキーは、かつて父が購入した領地ダロヴォーエ村とチェルマシニャー村を四〇年ぶりに訪問します。チェルマシニャー村では、『カラマーゾフの兄弟』に登場するスメルジャコフの母リザヴェータのモデル、アグラフェーナ・チモフェーヴナと会ってもいます。ちょっと精神に変調をきたしているような、神懸かりの女。この実在の女性が創作に強い影響を与えました。

翌年、女性革命家のヴェーラ・ザスーリチがペテルブルグ市の市長を狙撃《そげき》して、重傷を負わせたものの、陪審員裁判で無罪になるという出来事がありました。ドストエフスキーは陪審員制度に強い関心を持ってザスーリチ裁判を傍聴しています。また同じころ、哲学者ソロヴィヨフと一緒にオプチナ修道院を訪問して、アンブロシー長老と会見する。これらが『カラマーゾフの兄弟』のゾシマ長老のモデルになり、終盤の裁判の場面にもなっていくわけですね。最後の大作を書く準備が着々と整っていきます。

そして一八七九年、五八歳で『カラマーゾフの兄弟』の連載をスタート。一八八〇年にプーシキン記念祭で講演して、観客を熱狂の渦に巻き込みました。この年の一二月に『カラマーゾフの兄弟』を二分冊で刊行します。ただし、これは「続編がある」と予告されていましたが、ついに書かれることはありませんでした。

翌八一年、一月二六日、転がったペン軸を拾おうとして棚を動かした際に喀血《かっけつ》し、一月二八日に肺動脈が破裂、妻と子どもに別れを告げたあと、二〇時三八分に満五九歳でこの世を去りました。

こんなドストエフスキーの生涯を知った上で、さっそく『罪と罰』を読んでいきましょう。

第一章　『罪と罰』を読む

〈非凡人〉の大義のためなら、〈凡人〉の命を奪っても構わない。そう考えて高利貸しの老婆《ろうば》とその義妹を殺し、一線を踏み越えたラスコーリニコフ。予審判事の疑惑のまなざしに抵抗し、乱れる心を抱えてサンクトペテルブルグの街をさまよう彼は、信心深い娼婦《しょうふ》ソーニャとの対話をきっかけに、罪の告白に至る。彼に変化を及ぼしたのは、はたして神の力だったのか？　そして彼は本当に悔い改めたのか？

［工藤精一郎訳］

『罪と罰』は有名な作品ですから、読んでいない方でもおおよそのストーリーは知っているかもしれません。『新潮世界文学辞典』では次のように紹介されています。執筆は『謎《なぞ》とき『罪と罰』』（新潮選書）という刺激的な著書もある江川卓《たく》さんです。

理性を過信して思想的殺人を犯す一大学生を主人公に、彼の孤独な反逆の敗北、理性と心情の分裂を描き、その新生への道を示そうとした長編。主人公ラスコーリニコフは、ナポレオン的な選ばれた強者は人類の幸福のため社会の道徳律を踏みこえる権利をもつという理論に立って、「しらみ」のような金貸しの老婆を殺すが、この行為のもたらす良心の呵責《かしゃく》はあまりに大きく、彼は罪の意識におびえるみじめな自分を発見しなければならない。たまたま娼婦ソーニャを知って、苦しみと自己犠性に徹しようとするその生き方に打たれ、また情欲を絶対化する背徳漢スヴィドリガイロフに自己の理論の醜悪な投影を見て、彼は自首を決意し、シベリアに送られる。作者はラスコーリニコフに対するソーニャの勝利を描くことによって、キリスト教的愛と忍従の思想を説き、西欧的合理主義を断罪しようとしたが、作品はそうした作者の意図をこえて、当時の閉塞《へいそく》した社会状況のなかでくすぶる人間性回復への強烈な願望を訴えるヒューマニズムの書となった。小説構造と文体の面から見ても、これは世界文学に新しいページを開く傑作であった。

ドストエフスキーの作品の概要については、日本語版ウィキペディアの作品ごとの解説も意外とよくまとまっているのでおすすめします。ロシア文学の専門家が書いたのか、記述も極めて正確ですよ。ドストエフスキーを読む際には登場人物の名前がけっこう重要で、そのくせ一般の解説書には書かれていないことも多いのですが、ウィキではその点にも触れています。ここで簡単に説明しておきましょうか。

まず、ロシアの人名は「名（ファースト・ネーム）」「父称《ふしょう》」「姓」の三要素で成り立っています。父称は父親のファースト・ネームに由来します。例えば『罪と罰』の主人公ロジオン・ロマーヌイチ・ラスコーリニコフなら、ロジオンが名、ロマーヌイチが父称、ラスコーリニコフが姓です。日常的にはロジオン、あるいは愛称のロージャと呼ばれますが、改まった時はロジオン・ロマーヌイチ、ロジオン・ロマーヌイチ・ラスコーリニコフと呼ばれ、小説の地の文ではラスコーリニコフと書かれるので、日本の読者は初めのうち混乱しがちです。「父称」と「姓」は息子と娘で語尾が変わりますから、兄妹でも少し異なります。ラスコーリニコフの妹はアヴドーチヤ・ロマーノヴナ・ラスコーリニコワです。ラスコーリニコフが出会う、飲んだくれはセミョーン・ザハールイチ・マルメラードフで、彼の娘はソフィヤ・セミョーノヴナ・マルメラードワです。このへんで投げ出してしまう日本の読者はいるでしょう。

　また愛称も一つとは限らず、例えば右のソフィヤならソーニャやソーネチカなど、アヴドーチヤならドゥーネチカやドゥーニャなど、それぞれ複数あり、そのうえロシア人は同じ言葉を繰り返すのを嫌って、わざと呼び方を変えたりするので、ますますわかりづらい。でも、いま言ったことがあらかじめわかっていれば、わりとすぐ慣れますので安心してください。

　ドストエフスキーが面白いのは、登場人物の性質を名前に投影しているところです。ラスコーリニコフは、ロシア正教会の分裂によって破門・迫害された分離派の人びとを指す「ラスコーリニキ」に由来しています。元官吏のマルメラードフは「高級ゼリー菓子」、ラスコーリニコフの良き友人ラズミーヒンは「理性」という意味を持ち、ロシア人なら名前を聞いただけでパッと人物のイメージが浮かぶようになっています。これは童話や寓話《ぐうわ》の登場人物の名付け方を連想させますね。

もうひとつ、ドストエフスキーを読むときに覚えておいてほしい重要なことは、作中にしばしば登場するロシアの役人階級の捉《とら》え方です。例えば、いま名前を挙げたマルメラードフは、『罪と罰』のヒロインである娼婦ソーニャの父親である重要な登場人物ですが、日本では「飲んだくれの下級官吏」などと説明されがちです。だけど、それは大間違いで、この人は現在の私たちの感覚で言えばキャリア官僚なんですよ。

ロシアの公務員には一四等級あって、一等官から九等官がキャリア官僚にあたります。このうち一～四等官は世襲領地を持つことができる、日本で言えば局長級以上の超エリート。マルメラードフは九等官でまず一般的なキャリア官僚でしたが、ロシアで急速な資本主義化が進んで、地位よりもカネがものをいう社会の中で没落してしまった哀れな人間なのです。彼の妻が貧しい生活のわりに気位が高いのも、彼女が本当に上流階級出身の女性だからで、この点を勘違いすると作品の風景がまるで変わってしまいますから、きちんと押さえておきましょう。

ちなみにラスコーリニコフに殺される高利貸しのアリョーナおばあさん、彼女の夫は一四等官です。これはノンキャリアで最下等の役人なんだけど、役所内で同僚、特にマルメラードフみたいなキャリア官僚を相手にカネを貸し付けて大金を貯《た》め込んでいったヤミ金個人業者みたいな人でした。昔は日本の会社にもよくそういう社員がいて、そこからサラ金が生まれていったんだよね。

ドストエフスキーのキリスト教信仰

この講義では、作品全体を圧縮してまんべんなく話すことはしません。かえってわかりにくいし、つまらないからね。では、どうするか？　作中の重要なポイントになる場面を抜き出して、そこをじっくり丁寧に読んでいく方法を取ります。『罪と罰』では第四部の四節を読み込んでいきます。まず、ここがどんな場面かを簡単に説明しておきましょう。

高利貸しの老女とその義妹を殺したラスコーリニコフは犯罪が露見する恐怖と闘っていましたが、ついに罪を認めようと決意して身辺整理を始めます。母と妹の世話を友人のラズミーヒンに託したあと、退職官吏マルメラードフの娘で、娼婦に身を落としているが信仰心の篤《あつ》いソーニャの部屋を訪れます。ラスコーリニコフはソーニャに聖書の「ラザロの復活」のページを読んでほしいと頼む――そんな場面です。

一般的な『罪と罰』の解説では、ラスコーリニコフは「ラザロの復活」を聞いて信仰心に目覚め、罪の告白に繋《つな》がったのだとされていますが、本当に彼の変化にキリスト教信仰が関係しているのか、私は大いに疑問だと思っています。なぜなら、ここでドストエフスキーが描いているキリスト教はかなり不可思議なものだからです。そして、そのことがわかるとドストエフスキー作品の本当の読み方もわかってくる重要な箇所でもあります。

ラザロの復活とは、『新約聖書』の「ヨハネによる福音書」に収められているエピソードで、イエスが死後四日も経《た》ったラザロという男を墓から甦《よみがえ》らせたという奇跡が語られます。じつは神学的には、この奇跡に本質的な意味はありません。だって、ラザロは甦っても永遠の命を得ることなく、やがては結局また死ぬのだからね。ですが、神による救済の凄《すご》さを象徴する話として、「ヨハネ」を伝統的に重んじてきたロシアではよく言及される有名なエピソードなんです。

『罪と罰』の中で最初にラザロの復活に言及したのは、「ラスコーリニコフこそ真犯人だ」と睨《にら》んでいる予審判事ポルフィーリイでした。上巻五四九頁にあるポルフィーリイとラスコーリニコフの会話、「神を信じているんですか?」「信じています」「じや、ラザロの復活も？」「し、信じます」「そのまま信じますか？」「そのままに」というのがそれです。ポルフィーリイは気さくによもやま話をしながら相手に揺さぶりをかけてくる人物で、「刑事コロンボ」の原型にもなったキャラクターです。

ポルフィーリイは、ラスコーリニコフが書いた犯罪者心理に関する論文を読み、そこに「非凡な人間は平凡な人間とは違う。罪を犯してもいいし、法律を踏み越えてもいい」というナポレオン思想を読み取っていたので、「ラザロの復活を信じる」というラスコーリニコフの言葉を聞いて意外に思います。この話を「信じる」と言い切るのは、それだけ強い信仰を持っている敬虔《けいけん》なキリスト教徒ということだから、ナポレオン思想の持ち主にはそぐわないわけです。本当のところ、ラスコーリニコフはこの話をよく覚えていないし、教会に行ったこともないのだと、後でソーニャに告白しています。

精神的に追い詰められたラスコーリニコフがソーニャの部屋を訪ねる場面を見てみましょう。ソーニャは父親のマルメラードフを亡《な》くしたばかりです。

「わかるよ……それじゃ、明日お父さんの葬式にも行かないわけだな？」

「行きますわ。先週も行って……供養《くよう》をしましたわ」

「誰の？」

「リザヴェータの。あのひとは斧《おの》で殺されたのよ」

彼の神経はしだいにますます苛立《いらだ》ってきた。頭がくらくらしはじめた。

「きみはリザヴェータと仲がよかったのかい？」

「ええ……あのひとはまちがったことのきらいなひとでしたわ……ここへは……たまにしか……だって来れなかったんですもの。わたしたちはいっしょに読んだり……お話したりしたわ。あのひとは神さまにお会いになるでしょう」

（『罪と罰』下巻一〇五―一〇六ページ）

リザヴェータとはラスコーリニコフが殺してしまった金貸しの老女の義妹です。リザヴェータとソーニャはじつは仲良しで、ふたりがある共通項を持っていることが示《し》唆《さ》されます。やがて、その共通項とはふたりとも自己犠牲の人なのだとわかってくる。つまりラスコーリニコフはソーニャのような女性を殺してしまったんだね。この人間関係の綾《あや》のつけ方は巧みです。

ここにある「リザヴェータは天国で神さまにお会いになっている」というのは、通俗的なキリスト教理解によるものです。正しくは、キリストが再臨し、すべての人が復活して最後の審判を受けたあと、選ばれた人は神の国へ入って永遠の命を得る。そこで初めて神に会うことができるんです。ドストエフスキーが正しい教理を知らないはずはないのですが、ここではソーニャにあえて通俗的な見解を言わせている。

　この聖書の文句のような言葉が彼の耳には異様に感じられた。そしてまた、彼女とリザヴェータの奇妙なつきあい、そして二人とも——ばかな狂信者だという、新しい事実を知った。

《こんなことをしていると、こっちまでばかな狂信者になりかねないぞ！　伝染病みたいだ！》と彼は考えた。「読んでくれ！」と彼はとつぜんじれったそうに、しつこく叫んだ。

（『罪と罰』下巻一〇六ページ）

「狂信者」と訳されていますが、これは佯狂者《ようきょうしゃ》、神がかりのことです。ロシアでは、世間から狂人と呼ばれるような人には神と繋がる特殊な能力があると考えられ、聖人と見なされることがあります。ここで彼が「こっちまでばかな狂信者になりかねないぞ」と考えているのは、「おれは聖人になんかなりたくないぞ」という意味に読み替えることもできる。

ここで「読んでくれ！」と頼んでいるのが、まさに聖書の「ラザロの復活」の箇所です。

ソーニャはまだためらっていた。胸がどきどきした。どういうわけか、彼に読んでやる勇気がなかった。彼はほとんど苦痛の表情で《不幸な狂女》を見つめていた。
「どうしてあなたに？　だってあなたは信じていないじゃありませんか？……」と彼女はしずかに、なぜかあえぎながら、囁《ささや》いた。
「読んでくれ！　ぼくは読んでもらいたいんだ！」と彼は言いはった。「リザヴェータには読んでやったんだろう」

（『罪と罰』下巻一〇六ページ）

神を信じていない者に、声に出して聖書を聞かせる（この場合はラスコーリニコフから頼んでいるわけですが）というのはどういうことか？　神学には「文字は殺す、霊は生かす」という言い方があり、音読すると黙読よりも生き生きとした形で神の言葉が心に入ってくる効果があるとされています。つまり音読によって、聖書の言葉はラスコーリニコフの内部からではなく、外部から聞こえてくる言葉になります。だからドストエフスキーは、ここでソーニャに音読させているんですよ。

> 　ソーニャは聖書をひらいて、そのページをさがした。手がふるえて、声がもたなかった。彼女は二度読みかけたが、二度ともはじめの一節を読み終えることができなかった。
> 《さて、ひとりの病人がいた。ラザロといい、ベタニヤの人であった……》と、彼女はとうとうやっとの思いで読みだしたが、急に、第三節のところで声がうわずり、張りすぎた弦のようにプツンときれてしまった。息がきれて、胸がしめつけられたのだ。
>
> （『罪と罰』下巻一〇六―一〇七ページ）

「ラザロ」とは、そもそも「神は助けたもう」という意味です。名前がそのまま神の救済を表しているので、没落した家の長女として文字通り身を投げ出して生きてきた彼女の内面の葛藤《かっとう》もあいまって、ソーニャは読むことをためらっています。

　また、ラザロの復活はイエスの十字架上の死（そして復活）と表裏一体の関係にあるのですが、ラスコーリニコフはおそらくそのことに気づいていないし、そもそも知らないでいる。イエスの磔刑《たっけい》や復活にまで意識が及んでいないラスコーリニコフに向かって、ソーニャが必死にこの場面を読んでやっている意味を、ドストエフスキーは読者に目配せしています。ここが『罪と罰』の中でも重要な箇所であるには違いないのです。

しかし同時に彼はいま、しかも確実に、彼女は読みかけて、何ものかをひどくおそれ、心を痛めてはいるが、その半面、どんなに心が痛もうが、どんな不安におびやかされようが、なんとしても読みたい、しかも彼に読んでやりたい、彼に聞かせたい、しかもどうしてもいま――《あとでどんなことになろうと！》……というせつないまでの気持があることを、はっきりとさとった。彼はそれを彼女の目の中に読んだ、彼女の狂喜ともいえる興奮からさとった……彼女は自分をはげまし、朗読のはじめに彼女の声をとぎらせたのどのふるえをおさえて、ヨハネによる福音書の第十一章の朗読をつづけた。こうして彼女は十九節まで読んだ。

（『罪と罰』下巻一〇七―一〇八ページ、以下傍点原文）

ソーニャの興奮は、彼女にラザロの復活を読ませようとする外部の力、神の働きが作用していることを示しています。ドストエフスキー自身も神の働きを信じていないわけではないのです。

《イエスはマルタに言われた、「あなたの兄弟はよみがえるであろう」マルタは言った、「終りの日のよみがえりの時よみがえることは、存じています」イエスは彼女に言われた、「わたしはよみがえりであり、命である。わたしを信じる者は、たとい死んでも生きる。また、生きていて、わたしを信じる者は、いつまでも死なない。あなたはこれを信じるか」マルタはイエスに言った》

（そして、苦しそうに息をつぎながら、ソーニャはまるで自分がみんなのまえで懺《ざん》悔《げ》しているように、一語一語はっきりと力をこめて読んだ）

《「主よ、信じます。あなたがこの世にきたるべきキリスト、神の御子《みこ》であることを信じております」》

（『罪と罰』下巻一〇八―一〇九ページ）

ラザロの姉であるマルタは、イエスが復活を実現できる人物だと信じていない、愚かな人間たちの代表として登場しています。

マルタの「終りの日のよみがえりの時よみがえることは、存じています」というセリフの意味はわかりますか？ 復活を信じているのはイエスとその信者たちだけではないんですよ。パリサイ派（ユダヤ教の一派）も復活は信じている。ただしパリサイ派の復活は、マルタが理解している通り、「終りの日」に起きる。それに対してイエスの復活は、今この瞬間でも起こすことができるものなのです。これがキリスト教とユダヤ教の本質的な違いです。

ラスコーリニコフは彼女のほうを向いて、感動の目で彼女を見た。そうか、やはりそうだったのだ！ 彼女はもうほんとうのおこりにかかったようにがくがくふるえていた。彼はそれを待っていたのだった。彼女はいまだ例のない偉大な奇跡の話に近づいた、そして偉大な勝利の感情が彼女をとらえた。彼女の声は金属音のように冴《さ》えわたった。勝利と喜びがその声にこもり、その声を強いものにした。目の前が暗くなって、行がかさなりあったが、彼女はそらでおぼえていた。《あの盲人の目をあけたこの人でも……》という最後の節で、彼女はちょっと声をおとして、信じない盲目のユダヤ人たちの疑惑と、非難と、誹謗《ひぼう》を、はげしい熱をこめてつたえた。彼らはもうじき、一分後には、雷にうたれたようにひれ伏し、号泣し、信じるようになるのだ……

《彼も、彼も――信じない盲者だ、――彼ももうすぐこの先を聞いたら、信じるようになる、そうだ、それにきまっている！　もうじき、もうじきだ》こう思うと、彼女は喜びがもどかしくてがくがくふるえた。

（『罪と罰』下巻一〇九―一一〇ページ）

ここは重要です。「一分後にはユダヤ人たちが奇跡を見て、雷に打たれたようにひれ伏し、号泣し、信じるようになる。ラスコーリニコフもユダヤ人のように神を信じるようになるにきまっている！」とソーニャは考えますが、「見てから信じる」のは科学ですよね。「見ていないものや、見ることができないものを信じる」のが本物の信仰なのです。だから、「ラザロの復活」のエピソード自体がそもそも信仰のロジックに則《のっと》っていない。裏返して言えば、見せることによって信じさせるのは、じつは宗教的には邪道なんですよ。

このあとラザロの墓（洞穴）にイエスが入ると、マルタは「主よ、もう臭くなっております。四日もたっていますから」と言う。ソーニャはこのくだりを「四日」に力を込めて読む。一日だったら仮死状態の可能性もあるけれど、時間がたって腐臭まで漂っている死者を生き返らせたんだと、イエスの奇跡を強調するためです。ラザロは墓から、手足や顔を埋葬用の布で巻かれた姿で現われます。

「ラザロの復活はこれでおわりです」ととぎれとぎれにそっけなく囁くと、彼女は顔をそむけて、彼を見るのが恥ずかしいように、目をあげる勇気もなく、じっと身をかたくした。熱病のようなふるえはまだつづいていた。

(『罪と罰』下巻一一一―一一二ページ)

みなさんは、この話を聞いたことによってラスコーリニコフは罪から解放されたと思いますか？「そうだ、その通りだ」という読み方もできるし、「そうではない、全然そうは思えない」という読み方もできる。ラスコーリニコフはそんなあからさまなことは口にしていません。そこがドストエフスキーの書き方のうまいところです。

「ぼくは今日肉親をすてました」と彼は言った、「母と妹です。ぼくはもう彼らのところへ行きません。いっさいの縁をたちきってしまったのです」

「なぜですの？」とソーニャはあっけにとられてぼんやり尋ねた。先ほどの彼の母と妹との対面は、彼女自身はっきりはわからなかったが、彼女の胸に異常な感銘をのこしたのだった。縁をきったという知らせを、彼女は恐怖に近い気持で聞いた。

「いまのぼくにのこされたのはきみ一人だけだ」と彼はつけ加えた。「いっしょに行こう……そのためにぼくはここへきたのだ。ぼくらは二人とも呪《のろ》われた人間だ、いっしょに行こうよ！」

　彼の目はぎらぎら光った。《半狂人みたいだ！》と、今度はソーニャがふと思った。

「どこへ行くの？」彼女はぎょっとしてこう聞くと、思わず後退《あとずさ》った。

「それがどうしてぼくにわかる？　ぼくが知ってるのは、道が同じだということだけだよ、それだけは確実に知っている、——それだけさ。目的も同じなんだ！」

　ソーニャは彼を見つめていたが、何のことやらさっぱりわからなかった。彼がおそろしく、限りなく不幸だということだけが、わかった。

（『罪と罰』下巻一一二—一一三ページ）

ここでラスコーリニコフが「道が同じ」と言う、その道とは何だろう？　私はニヒリズム（虚無主義）への道だと思っています。

ソーニャは売春という形で一家を養っていることに対して、特に卑屈になっているわけでもない。深い信仰は持っているけれども生活を改めることはできない。ラスコーリニコフも依然として、「ばあさんを殺しても構わないんだ」と思っている。つまり二人とも既成の概念や善悪、モラルに捕らわれていないわけだよね。これは、既成の思想やシステムを否定して理想の社会を作ろうとする、ロシアの伝統的なニヒリズムに通じる考え方なんですよ。

では、「目的も同じ」の目的とは何か？　私は〈精神のエリート主義〉だと思う。ふたりとも他の人と違った生き方をして、それを貫き通すという精神のエリート主義を確立しようとしている。この次を読むとそれがわかります。

「そのうちにわかるよ。きみがしたのだって、同じことじゃないか？　きみだって踏みこえた……踏みこえることができたんだ。きみは自分に手を下した、自分の……生命を亡《ほろ》ぼした（これは同じことだ！）。きみは魂と理性で生きて行かれたはずだ、それをセンナヤ広場で果ててしまうのさ……だがきみにはそれを堪える力がない、だから一人きりになったら、発狂してしまうだろう。ぼくだって同じなんだ。

きみはもうすでに気ちがいじみている。だから、ぼくたちはいっしょに行かなければならないんだよ、同じ道を！　さあ、行こうじゃないか！」

（『罪と罰』下巻一一三ページ）

「踏みこえた」と言っていますね。『罪と罰』の原題は〈プレストゥプレーニェ・イ・ナカザーニエ〉で、「罪」を意味するプレストゥプレーニェには「踏みこえること」という意味がある。この小説の最重要キーワードです。この場合の罪は crime（犯罪）のほうのニュアンスだけど、罪には sin（宗教やモラルにおける罪）もあるよね。

たとえば crime と sin を縦軸と横軸にしてマトリクスを作ると、四つの領域ができます。すなわち、「crime であり sin でもある」「crime ではあるが sin ではない」「crime ではないが sin である」「crime でもないし sin でもない」。

革命は、そのときの体制側からすれば crime だが sin ではない。あるいは売春は公娼制に従っているかぎりは crime ではないが多くの人は sin だと考える。でも、おそらくソーニャは売春を sin とは考えていない。ラスコーリニコフも老女殺しを sin とは考えていない。ということはマトリクスに当てはめてみた場合、二人は世の中の大多数と違う考え方をしていることになる。ラスコーリニコフはそれを指摘しているわけです。

資本主義の勃興《ぼっこう》によって出来た落とし穴にはまったように、娼婦になり殺人犯になって、観念的にはいろいろ悩んだり変化したりしても、じつのところ、人間の根本は変わらないんだとドストエフスキーは言っているような気がします。これは『罪と罰』以降の作品においても、同じ考え方が貫かれていると思います。

そして、もちろんcrimeを犯してはいけないけれど、自分は他の人たちと違ってsinだって犯してはいないという〈精神のエリート主義〉を持つことは、現在において、新自由主義や格差社会に悩まされている人にとって、生きていく上で手助けになるかもしれません。イソップ童話の「あれはすっぱいブドウだ」と毒づくキツネみたいなものかもしれないけれど、それも生き抜くためのひとつの技だと思うな。

大地に接吻《せっぷん》する意味

「ラザロの復活」を読んでくれたソーニャに向かって、ラスコーリニコフは、自分は老女を殺した犯人を知っているとほのめかします。

「じゃ、あなたは知ってるの、誰が殺したか？」と彼女はおそろしさにそそけだって、けわしい目で彼を見つめながら、尋ねた。

「知ってるから言うんだよ……きみにだけ、きみ一人だけに！　ぼくはきみを選んだ。ぼくはきみに許しを請いに来るのじゃない、ただ言いに来るだけだ。ぼくはそれを言う相手として、もうまえまえからきみを選んでいたのだ。きみのお父さんからきみのことを聞いたころから、まだリザヴェータが生きていたころから、ぼくはもうそれを考えていたんだよ。さようなら。握手はいらんよ。じゃ明日《あした》！」


（『罪と罰』下巻一一五ページ）


いろんなミステリーを読んだり見たりしてきた私たちの目からすれば、ソーニャはちょっと鈍すぎるよね。ラスコーリニコフがここまで言っているのに彼が犯人だとは全然思っていないのだから。

そんな彼女が事実を知るのは、この翌日のことです。ラスコーリニコフがふたたびやって来て、ついに老婆とリザヴェータの殺害を告白します。

「ああ、苦しいのねえ！」という痛々しそうな涙声がソーニャの口からもれた。

「さあ、言っておくれ、これからぼくはどうしたらいいんだ！」彼はとつぜん頭を上げて、絶望のあまりみにくくゆがんだ顔でソーニャを見ながら、尋ねた。

「どうすればいいって！」と叫ぶと、彼女はいきなり立ち上がった。いままで涙がいっぱいたまっていた目が、急にきらきら光りだした、「お立ちなさい！（彼女は彼の肩に手をかけた。彼は呆気《あっけ》にとられたように彼女に目を見はりながら、腰を上げた）。いますぐ外へ行って、十字路に立ち、ひざまずいて、あなたがけがした大地に接吻しなさい、それから世界中の人々に対して、四方に向っておじぎをして、大声で《わたしが殺しました！》というのです。そしたら神さまがまたあなたに生命《いのち》を授けてくださるでしょう。行きますか？　行きますか？」

（『罪と罰』下巻三〇七ページ）

はい、『罪と罰』全編の決定的なセリフである「ひざまずいて、あなたがけがした大地に接吻しなさい」が出てきました。

ここで、ついに明らかになるのはソーニャの信仰の対象がじつはロシアの大地であって、キリスト教ではない、ということですよ。キリスト教において大地というのは神によって造られたものなので、それを救済の根拠にするのは偶像崇拝に当たるため絶対にＮＧです。キリスト教的には完全にアウトな言説を、ドストエフスキーはソーニャの口を借りて堂々と主張しているわけです。何しろ全編のクライマックスで昂揚《こうよう》する場面だし、カモフラージュが巧妙なので、普通に読むだけではパッと見えてこないかもしれませんが、ここはドストエフスキーが信奉している土壌主義がキリスト教と激突している箇所です。そして、このソーニャの持つ土壌主義によってラスコーリニコフは救われていきます。

　土壌主義をざっくり説明すると、このロシアの土の上にいるわれわれは、知識人でも農民でもユダヤ系でもドイツ系でも正統派でも分離派でも、みんなロシア人なんだ、大地の子なんだ、という思想です。それを担保するのは、われわれが踏みしめている、このロシアの大地だ。ロシアの大地、土に忠誠を誓うものは、ユダヤ人でもタタール人でもウクライナ人でも同胞なのだ、と。ロシアの大地はどこまでかというと、例えば「トルコの圧制に耐えるバルカン半島の正教徒を救え」というスラヴ主義とは違ってバルカンまでは入らないにせよ、東はシベリア、西はヨーロッパの手前、南はカザフスタンあたりまで、つまり今でいうユーラシア全体を指します。

　この土壌主義はドストエフスキーの頃だけでなく、今もなおロシア人の肌感覚に訴えかける強力なイデオロギーなのです。そして、大地を通じて神に罪を告白しろという思考は、正教における聖霊の考え方に由来します。

キリスト教では父（神）と子（キリスト）と聖霊で三位《さんみ》一体《いったい》とされていますが、このうち聖霊については二つの考え方がある。カトリック（西方教会）とプロテスタントでは、聖霊に触れるためには教会を通す必要があるとしていて、それが教会の権威の根拠にもなっています。これに対して正教（東方教会）では、神はキリスト教徒の上だろうがイスラム教徒や仏教徒の上だろうが、どこにでも自由に聖霊を落としていくことができる。だからこそ人々を救済できるのだと考えます。この感覚に基づいてソーニャは、キリスト教と土壌主義を繋ぎ合わせ、大地と神が結びついていると言っているのです。

しかし、そこにはイエス・キリストや教会は不在です。ドストエフスキーは世俗主義者なので、教会が国家を指導できるとは考えない。国家に教会の役割を吸収させる考え方です。つまり、ソーニャにはイエス・キリストなき救済が可能なんだとするドストエフスキーの考えが強く反映されているわけですね。これは、ある意味、国家主義でもあります。

結論からいうと、罪を告白してシベリア送りになったラスコーリニコフは、神を信じるようになったわけではなく、神なき人間のままに留まります。たしかにソーニャの愛によって救済は得ました。しかし、いま見たようにソーニャの愛の源泉は、神ではなくてロシアの大地です。だからどう読んでも、これがキリスト教小説だとか、イエス・キリストを信じることによって救済を得られた小説だとは考えられない。

　また、もしラスコーリニコフが自首をしなければ、この殺人事件は別の人間を冤罪《えんざい》にしたまま終わっていたことも暗示されています。これも「国家が真実を見抜く力はこの程度なんだ」というドストエフスキーの皮肉なメッセージだと受け取れますね。

　そして二一世紀に生きるわれわれから見ると、ドストエフスキーがソーニャやラスコーリニコフを通じて伝えている土壌主義は、ファシズムの種子にも見えないでしょうか。いま、プーチン大統領がユーラシア主義を志向しているけれども、彼が「ヨーロッパでもアジアでもない〈ユーラシア〉という大地にいるわれわれは、エリートも庶民も宗教も民族も関係なく、みんな同胞なんだ」みたいに呼びかけたら、ロシアの全体主義化に強く働きかける可能性があります。イエスも教会もない救済に訴える、このイデオロギーは、どこか人びとを熱狂させる力を持っているように思えます。

　ラスコーリニコフの見た疫病《えきびょう》の夢や格差社会のリアルな様相だけでなく、ファシズムへの誘惑を描いているという点でも、『罪と罰』は現在と深く繋がっている作品なんです。ドストエフスキーの土壌主義は『罪と罰』だけではなく、このあとの作品にもくり返し出てきますから、現在のロシアと結びついたらどうなるかは、また論じましょう。

第二章　『白痴』を読む

四年間の療養生活を終え、スイスから帰ってきたムイシュキン公爵《こうしゃく》は〝白痴〟と呼ばれつつも、独特の魅力で上流階級の人びとを惹《ひ》きつけ、そして彼らの心を掻《か》き乱してゆく。いまだ因習に支配される一九世紀ロシア。資本主義の侵食に戸惑いながらも、したたかに、しかし懸命に生きる者たちが剝《む》き出しにするエゴ、虚栄、蔑《さげす》み、そして愛――。さまざまな感情が交錯する中で、やがてムイシュキンも破滅への道へと歩み始めるのだった……。

［木村浩訳］

『罪と罰』の次に執筆されたのが『白痴』です。小学館の『ニッポニカ』の項目では、江川卓さんの執筆で次のように紹介されています。

ロシアの小説家ドストエフスキーの長編小説。１８６８年発表。主人公ムイシキン公爵はキリスト的な「ポジティブに美しい人」として構想される。「白痴」とよばれるほどの無垢《むく》な純粋さをもつ公爵は療養先のスイスの病院からペテルブルグに戻り、欲望の権化《ごんげ》である商人ロゴージン、エパンチン将軍家の誇り高い令嬢アグラーヤ、さらに小説の女主人公であり、不幸と凌辱《りょうじょく》のなかにあっても傲慢《ごうまん》な悲劇的美をもち続けるナスターシャ、自殺志願の青年イッポリートらの織り成す人間情熱のドラマに巻き込まれる。副人物レベジェフによる黙示録解釈、ロゴージン家にまつわる去勢派信徒の影などが特異な雰囲気を醸し、主人公には作者の持病であるてんかんのアウラ体験が託される。しかし人々の間に和解と調和をもたらすべき公爵の愛と哀れみの精神も現実世界の荒れ狂う渦の前には無力であり、ロゴージンはナスターシャを殺し、公爵もふたたびスイスに帰らねばならない。

まず、『白痴』というタイトルの訳語が問題だと思う。日本語に初めて翻訳されたときにつけられたままなのでしょうが、ロシア語のタイトルは〈イジオート〉で、英訳でも〈イディオット〉になっています。ロシア語のイジオートは「バッカだなぁ、おまえ」とか「ちょっと抜けてるんじゃないか」といった意味合いで、ごく日常的に使う言葉です。そんなにきつくないし、言われた相手が激怒することもまずないでしょう。

遠藤周作《しゅうさく》に『おバカさん』という小説がありますが、イジオートも、まさに〈おバカさん〉というニュアンスですよ。もともと遠藤周作はドストエフスキーの『白痴』からヒントを得て、あの小説を書いたのだそうです。

ただ、遠藤さんの小説の主人公は、人をとことん信じる、という意味でおバカさんと呼ばれ、その言葉には「稀《まれ》なほど無垢で美しい人」というニュアンスを持たせていますが、ドストエフスキーの場合には、そういう感じはありません。

　これは新潮文庫版『白痴』の翻訳をした木村浩《ひろし》さんがあとがきで、「この言葉を「無垢の人」といったニュアンスで受けとることのないよう注意しておく」とわざわざ書いているように、じつは大変重要なことです。

「翻訳家」を愉《たの》しむ

　ところで、新潮文庫版では『白痴』の翻訳は木村浩さんで、『罪と罰』と『未成年』は工藤精一郎さん、『悪霊』は江川卓さん、そして『カラマーゾフの兄弟』は原卓也《たくや》さんの訳です。新潮文庫の面白さは、いろんな人が訳しているところなんですね。編集部が、作品によって翻訳者を変えたのかもしれません。当然のことながら、同じドストエフスキーを訳しながら、翻訳者おのおのでカラーが違うんです。読み比べてみると原卓也さんの訳が一番カッチリしている。悪く言えば硬い。一番流れるように読みやすいのは工藤精一郎さんのものでした。

　この違いは何から来ているかと言えば、アカデミズムとの距離だと思います。ロシア語の研究は、今でも東京外国語大がヒエラルキーのトップにいます。この分野、東大よりも東京外大のほうが人材を輩出しているんですよ。そうすると、そのど真ん中にいる学者の訳は正確であることを心がけるのだけど、翻訳家として食っている人たちではないから、どうしても硬くなってしまう。原卓也さんは東京外大で学長まで務めた人ですからね。

これに対して工藤精一郎さんは、関西大学の教授もされていたけど、基本的に翻訳で食べていた人だから、読まれない翻訳をすると仕事が来なくなっちゃう。だから読みやすさに留意するわけです。そしてこの二人の間に位置するのが江川卓さんと木村浩さんになります。

江川さんは東京工業大学の先生もやっていましたが、そもそもは東大法学部の出身で、独学でロシア語を学んだ人です。独学でよくここまでロシア語ができるようになったと思うくらいですよ。

木村浩さん（読み方は違うけれど、ロシア文学と関係ない江川卓《すぐる》というピッチャーがいたように、漢字は違うけれどやはり「キムラヒロシ」と読むロシア政治の専門家木村汎さんがいて、ごっちゃにする人もいますが、もちろん別人）は東京外大出身ではありますが、外大には残らず、いろんな大学を回りつつプロの翻訳家として活躍しました。比較的若くして亡《な》くなったので忘れられがちなんですが、ソルジェニーツィンの『収容所群島』や『イワン・デニーソヴィチの一日』の翻訳をした人として知られています。反体制派であるソルジェニーツィンを訳し、作家本人とも交流があったため、木村さんはソ連には入国ができなくなりました。日本のロシア文学者で、そこまでリスクを冒す人はなかなかいませんでしたよ。今回彼の訳で『白痴』を読んで、やはり非常にいい訳だと思いましたね。中長期的に見ると、アカデミズムから距離のある人の翻訳のほうが長く読み継がれる力がある気がします。

ムイシュキンは星飛雄馬《ひゅうま》である

木村浩さんがあとがきに書いた指摘に話を戻しますね。

最初に読んだ江川さんの紹介には、「キリスト的な「ポジティブに美しい人」」「「白痴」とよばれるほどの無垢な純粋さ」とありました。だから、木村さんの一文は一般読者に対する注意喚起もさることながら、江川卓さんに対するメッセージだと読み取ることができます。「江川さん、そこ、読み方間違えていますよ」というわけです。

でも、この小説で白痴と呼ばれる主人公のムイシュキン公爵は、江川さんが書いているように「ポジティブに美しい人」で「純粋無垢」だというのが一般的な解釈ではあります。なぜそのような解釈になったのか？　このあたりから考えていきましょう。

まず、作者であるドストエフスキー自身が準備ノートや手紙で「完全に美しい人を描く」と予告しているのです。しかし前に触れたように、ドストエフスキーは常に検閲を意識していて、自分の意図を隠す作家だった。だから額面どおりに取っていいのかという問題がある。

そもそもムイシュキン公爵の性格は、イメージと異なってかなり攻撃的です。彼が自己の偏狭な価値観に固執するあまりに、ただでさえ複雑な人間関係をいっそう厄介《やっかい》なものにしていくというのが、この小説の基本的展開ではないでしょうか？　ムイシュキンが現れなければ、アグラーヤとナスターシャという美女二人がひどい諍《いさか》いをすることはなかっただろうし、親の莫大《ばくだい》な遺産を継いだロゴージンだって、ロシアへ帰国する列車の中で偶然ムイシュキンと知り合ったのが運の尽きだったとも言えます。男も女も、こんな奴《やつ》と知り合ったために、ものすごく面倒くさい目に陥っていく。

ムイシュキンについて考えていると、私たち世代の男の子がみんな熱中した『巨人の星』を思い出しました。ムイシュキンは星飛雄馬によく似ていますよ。自分独自の価値観でどんどん動き、周囲の人びとの善意を無駄にし、無用の混乱を招き、人の恋愛などにも過剰に干渉して、自分も傷つきながら、大変なトラブルメーカーになる。原作の梶原一騎《かじわらいっき》さんが『白痴』を読んだかどうかはわからないけれども、ムイシュキンは星飛雄馬同様、存在するだけで周囲の情勢をどんどん複雑かつ悲惨にしていく、はた迷惑な触媒みたいな人物です。

そんなムイシュキン、そして『白痴』全体を理解する上で非常に優れたテキストを紹介しておきましょう。「はじめに」でも触れた論考集『ドストエフスキーと現代』の中にある、フラプチェンコという文芸批評家が書いた「ドストエフスキーとその文学遺産」という論考がそれです。

このフラプチェンコの論考をベースに、まずは作品を概観していきますね。


〈引用者注・一九世紀の〉六〇年代から七〇年代にかけてドストエフスキーの作品で重要な位置をしめるようになったものとして、社会的現実の混乱と醜さをえがいたことと、人間どうしの離反の問題を広範な生活過程として解明したことがあげられる。作家の関心は、そういう現象がとる具体的な形態だけでなく、その一般的な人間的な意義にもひかれた。社会的現実の醜さと反目の増大は、なによりも長篇『白痴』（一八六八年）に独特の明瞭な姿をとって現われた。この作品の構想についてドストエフスキーはつぎのように書いている。「小説の構想は、わたしが古くからいだいていた好きなものですが、ながいあいだ敢えてそれにとりかかろうとしなかったほど、むずかしいものです……。小説の主題は、完全に美しい人間をえがくことですが、これほどむずかしいことはありません、ことに現代では。」

（U・グラーリニク編、村手義治訳・北垣信行監修『ドストエフスキーと現代』［一九八〇年、モスクワ・プログレス出版所］四七ページ）

ここで引用されたドストエフスキーの言葉は彼の手紙にあったものですが、この「完全に美しい人間をえがく」というフレーズが独り歩きして、今に至る一般的解釈へと繋《つな》がっていきました。

作家が自作について語ったことを、文芸批評家や学者たちが鵜呑《うの》みにして広めていったわけです。だけど、ドストエフスキーから少し時を遡《さかのぼ》る一九世紀前半においては、「完全に美しい人間をえがく」ことは、ごく普通の現象でした。すべてのことを美学に還元するのは、誰の考え？　ドイツのフリードリヒ・シェリングですよ。シェリングの影響は大きく、ヘーゲルの晩年の仕事も美学講義でした。だから美学に吸収させていくこと、すなわち人間を美として描いていくことは当時の流行の一つ、スタイルの一つです。ドストエフスキー独自のアイデアではない。

しかし、この構想自体は生活の不調和を鋭く感じていたからこそ生まれたのであ

> って、それを実現するには、その不調和の拡大と矛盾を、そして小説の主人公ムィシキン公爵が接するあらゆる非理想的な、非「肯定的」なものをえがくこと以外に、ドストエフスキーには考えられなかった。こうして、ムィシキン公爵はさまざまな社会の現象に接し、さまざまな地位と傾向の人々に接していくのである。
>
> （前掲書四七ページ）

そうしてムイシュキンは触媒の機能を果たしていくわけですね。既に存在する問題を拡大させ複雑にし先鋭化させて、破局へのプロセスを加速させていく。さらにムイシュキンという鏡に映すことで、登場人物のグロテスクさや滑稽《こっけい》さを明らかにしていく、というのが『白痴』の構図です。これを踏まえてフラプチェンコは次のように指摘しています。

> 『白痴』では、深刻な葛藤と種々様々な「陰謀」、避け難い衝突と度重なるいがみ合いが複雑にからみ合って展開する。
>
> （前掲書四七ページ）

『白痴』を読んだある編集者が「なんだか三《み》谷幸喜《たにこうき》の芝居を観《み》ているようだった」と言っていましたが、確かに場面場面はシチュエーション・コメディめいたところもある。この長編、登場人物が真剣で深刻なせいで笑えもするという重喜劇としても読めるのです。分析すれば、こんな感じです。

その根本には揺れ動く利害関係があり、小説の登場人物のなかには、それに呑みこまれる者がいる。また、そこには別の登場人物のもついきいきとした感情の力もある。真剣な金銭勘定、熱狂的な商業礼讃、社会的なエリートの権威をめぐる思惑などが、灼熱したいつわりのない感情と隣合わせになっている。しかし混乱と人々の精神的な断絶が急速にひろがっていくのは、個々の社会集団の利益と「利己主義」がすべてに優先しているためである。

（前掲書四七ページ）

さて、ここで「利己主義」という言葉が出てきました。この当時、利己主義というのは、ロシアに限らず、ヨーロッパにおいても比較的新しい概念でした。

プライベートとかプライバシー権とか言うでしょ？　これはラテン語の〈プリバー

レ〉という言葉から来ていて、「囲い込む」あるいは「奪い取る」という意味があります。パーソナルとは違うんですね。パーソナルは、自分の「個的なもの」を指している。わかりやすく言うと、「パーソナル・カー」は会社からあてがわれて、その人が使っている車であり、「プライベート・カー」はその人に所有権がある私的な車になります。後者は自分の持ち物だから、ぶっ壊しても売り払っても構わないわけだね。このプライベートという原理がロシアに入ってきた時、すごく異質なものとして浮き上がってきたのです。

　というのも、当時のロシアは、まだ「ミール」と呼ばれる農村共同体が社会を構成していました。日本で言えば飛鳥《あすか》から平安時代にかけての班田収授法《はんでんしゅうじゅほう》と同じような状態で、ロシアには土地の私有というものがなかった。また、ミールには多数決がなく、物事を決めるのはコンセンサス方式でした。すなわち一人ひとりがみんな拒否権を持っていた。その代わり満場一致で決まったことは、全員に履行義務が出てくる。だから非常に全体主義的なんです。

　そもそもミールという言葉は「世界」や「平和」を意味し、これはつまり、当時のロシアでは「自分の村の平和」と「世界」が直線的に繋がっていたことを表わしています。そこへ外部から急速に発展した資本主義が入りこんできました。すると、どうなったか？　たちまち人間関係が金銭を媒介に構築されるようになったのです。そして、利己主義もそこから派生してきました。ドストエフスキーはそこに注目したのです。マルクスの疎外論《そがいろん》と同じで、利己主義の誕生によって人間が本来あるべき人間的な姿から逸脱したと見た。逸脱したらどうなるのか？　フラプチェンコはそれをきちんと押さえています。

> 利害関係の反目は多くの結びつきを破壊し、家族関係のような固いきずなもその例外ではない。さまざまな原因や事情に由来する個人のエゴイズムと社会集団の「利己主義」とは、人間の断絶をきわめて大規模にしている深い源である。ドストエフスキーは、社会的な立場の違いがもたらす人間どうしの離反を、そこでとくに際立たせている。それは、ムィシキン公爵の部屋で若い「騒乱者」たちが特権階級に属する人々と出会う場面にとりわけあざやかにえがかれる。
>
> （前掲書四七―四八ページ）

『白痴』には、新興資本家のロゴージンや、彼を受け入れないエパンチン将軍やガヴリーラといった伝統的身分制の中にいながらも資本主義を生き抜こうとする貴族など、個性的な人たちがたくさん出てきます。裏返せば、そんな個性的な人間たち、すなわちエゴイズムや利己主義を発揮するアトム的（原子的）な人間たちによって、ロシア的な共同体に根づいていた人間の結びつきが破壊され崩壊していくさまが描かれていきます。

資本主義は拡大一途のエントロピー構造を持つため、貨幣経済が入ってくれば、今までの共同体とか身分制が変貌《へんぼう》し、解体していくのは必然です。完全に解体してしまったら、フラットなグローバル資本主義になってしまう。けれど、ロシアがグローバル資本主義にならなかったのは耐エントロピー性があったからです。この耐エントロピー性こそが、「ロシア性」なのです。それまではまだエントロピー構造が現われていなかったから、耐エントロピー性＝ロシア性を自覚する必要もなかったのだけれど、資本主義が流入してきた時、ドストエフスキーは「ロシアとは何か」という問いに直面せざるを得なかった。『白痴』はそこをみごとに表わしています。

このロシア性の一つは、『罪と罰』にも出てきた土壌主義でもあるのだけどね。土による同胞意識は一八六一年の農奴解放令後も残っており（もちろん土地に隷属《れいぞく》したままの農民たちはたくさんいました）、これがカネと結びつけば、地主という地位であったり、土地という遺産になったりするわけです。『白痴』に限らずドストエフスキーの登場人物たちの多くは遺産をアテにしているでしょう？　裏返して言えば、土地とは関係なく、ビジネスでカネ儲《もう》けしていく人間はいかがわしい者として描かれています。このメンタリティは昔の日本とも似ていますよ。日本でロシア文学が愛読され、黒澤明《くろさわあきら》が『白痴』を北海道に舞台を置き換えただけで、ほぼそのまま映画化したのは、そんなメンタリティの近似性があったからだと思います。

いま読んで最も刺激的な登場人物は、カネを摑《つか》んで、これから資本主義の世界に乗り出していこうという野心を持つロゴージン（黒澤映画では三船敏郎《みふねとしろう》が演じた）です。彼はちょっとホリエモン（堀江貴文氏）や三木谷浩史さんみたいなところがあるでしょう？　前の世代から、いかがわしい感じに見られているところも少し似ているかもしれない。ドストエフスキーもロゴージン側に立っているわけではないよね。でも、現代日本にだっていそうなリアリティがある人物です。この小説、ホリエモンみたいな男がひたすら〈白痴〉に振り回され、美女に悩まされる物語とも読めて面白い。

世界文学で最もすぐれた女性像？

もう少し、フラプチェンコの論考を見ていきましょう。彼は『白痴』の強烈なヒロイン、ナスターシャ（黒澤の映画では原節子《せつこ》が演じた）についても論じています。

揺れ動く利害関係と社会的現実の醜さをえがくとき、それと密接に関連させながら凌辱された美のテーマが、すなわちナスターシヤ・フィリッポヴナの人物像が現われてくる。（中略）その無欲さと金銭や富にたいする軽蔑をもって人々を驚かせる。

外的環境の悪影響をうけながらも、彼女は自分の内面的な独立は断乎としてゆずらない。ナスターシヤ・フィリッポヴナが自分の出会う人々について下す判断と意見はしばしば公正であるだけに痛烈である。しかし、彼女の精神的な独立と誇りは、自分の人間としての価値、女としての価値が傷つけられたことから起る絶えまのない、大きな屈辱感と密接に結びついている。それは彼女の考え、感じ方、行動に重苦しい痕跡をとどめている。混乱した心を抱き、名誉を踏みにじられたナスターシヤ・フィリッポヴナは、自分自身と自分にふさわしい運命を見出せずに、非業の死をとげる。ナスターシヤ・フィリッポヴナは、世界の文学でもっともすぐれた女性像の一つである。

（前掲書四八ページ）

なるほど、ナスターシャは「もっともすぐれた女性像」と見ることができるかもしれないけれど、別の見方をすれば、「ひたすら自己愛に忠実な女」と解釈することも可能だよね。ソビエトの文芸批評家は、なぜこんなにもナスターシャを評価したのだろう？

それは、この論考が書かれた一九七〇年代はじめのソビエトでインテリが置かれていた状況が、『白痴』における彼女の境遇と似ていたからだと思う。つまり、政治の世界では愚劣なことがたくさん行なわれているけれども、インテリは身を守るために、「絶えまのない、大きな屈辱感」を感じながら「名誉を踏みにじられ」つつ体制と妥協していかなければならない。「自分にふさわしい運命を見出せ」るかどうかもわからない。ナスターシャはインテリの自画像みたいなんだね。七〇年代のソビエトの文脈で読むと、そう読み取れます。

さらにフラプチェンコはムイシュキンを通して、民主主義についてこんなことを言っています。

> 社会的地位の違いから生ずるものもふくめて、どんな激しい葛藤が起っても、共通の合意点や宥和に達することはムィシキンには可能でもあり、必要でもあるよう

に思われた。しかし、そこでムィシキンの民主主義は明らかに貴族的な偏向と結びつく。

(前掲書四九ページ)

ここもソビエト的な文脈がわからないと完全には理解できないかもしれない。ムイシュキンの「貴族的民主主義」と、ソビエトが公式に推奨していた「プロレタリア民主主義」の違いって何だと思う？

プロレタリア民主主義というのは多数派による独裁、いわゆるプロレタリア独裁のことです。そして暴力を行使することも辞さないのがプロレタリア民主主義の特徴なんですよ。一方、ムイシュキンと結びつく貴族的民主主義は少数派による支配で、モットーとしては非暴力です。

ドストエフスキーはヘーゲルに批判的でした。「目的のために手段は浄化される」というヘーゲルに対して、ドストエフスキーは「目的が正しければ手段は何でもいい、とはならない」と繰り返し訴えている。ムイシュキンもドストエフスキーの意見を代弁しているわけです。ただ、これはプロレタリア民主主義に反します。だからソビエトの文芸批評家は、ムイシュキンを貴族的な偏向という形で断罪しないと、当局から睨《にら》まれることになるんだね。作者のドストエフスキーを断罪することはできないから、アクロバティックな論理展開をしているわけです。

ソビエト特有の文脈を理解しないといけない箇所はありますが、このフラプチェンコの論考はさまざまに重要なことを指摘しているから、ぜひ読んでみてください。古書市場には少ないですが、少し大きな図書館などに案外置かれています。

寅《とら》さんでもあるけれど

さて、この論考は物語の結末を論じたところで、ひと区切りつけましょう。

> 共通の合意点を得ようとするムィシキンの試みは実を結ばず、反目する者どうしを宥和させようという彼の努力はいつも失敗に終り、彼の温良さはときには怒りを呼び起すこともある。
> （前掲書四九ページ）

さっきは星飛雄馬と言ったけれど、ここは『男はつらいよ』のフーテンの寅さんだよね。あるいは、フラプチェンコが「彼は、みんなのために良かれと願いながら、みんなからまったく理解されないドン・キホーテを想わせる」と言っているように、『白痴』は『ドン・キホーテ』の系譜に位置づけるべき作品かもしれません。でも、ムイシュキン公爵は、やはり寅さんやドン・キホーテには留まらないのです。

> しかし、主人公の行動が不成功に終るということは、なにも普遍的創造としての芸術的形象そのものが失敗したことを意味するものではない。きわめて美しい人間の魅力を描写しながら、ドストエフスキーはリアルな性格の生きた特徴をえがくとともに、主人公が無力であることも示したのだった。そこには、生活の論理の働きだけでなく、偉大な作家の明敏さも現われていた。
>
> （前掲書四九ページ）

このムイシュキンの無力さは、やがてキリストの無力さへと繋がっていきます。イエスのように、彼もまた無力であるがゆえに勝利するのです。

神の子キリストは十字架にかけられて、「エロイ、エロイ、ラマ・サバクタニ（わが主よ、わが主よ、なぜ私を見棄《みす》てられたもうたか）」と嘆いたけれど、やがて復活しました。神がいったんイエス・キリストを見棄てたがゆえに、人間は救済されるのだ、という弁証法的な構造がドストエフスキーの中にはあります。

私は、家庭内暴力などに悩んでいる人たちに、聖書のこの部分を聞かせることがあります。「いつまでも手を差し伸べるんじゃなくて、ある段階でピタッと見棄てることも大切ですよ。神だってキリストを見棄てたんだから、あなたが見棄てても構いません。なんとかなります」と。無責任のようだけど、今までの経験上、これでだいたい上手《うま》くいっています。こういう「見棄てる形で救う」、「無力であるがゆえに勝利する」というのは、キリスト教が内包する逆説的な部分ですが、ムイシュキンがそれを体現しているのは間違いない。フラプチェンコは次のようにまとめています。

> 批評のなかには、よく小説の意図とそれが実際にできあがったものとの矛盾をとりあげて論ずるものがある。そのばあい、意図が実現されるかどうかは、本質的に、なにか作家自身の意志とは関係のないものと見られることもめずらしくない。しかし、『白痴』を書きすすめていく途中でドストエフスキーが自分の主人公の努力が実を結ばないことを理解し、それをきわめて正確にえがいたということは、まさにこの作家の驚くべき洞察力を示すものである。そして、『罪と罰』で個人主義的反逆の道徳的、社会的根拠のなさがえがかれているとすれば、『白痴』では、他人を

すべて許そうとする孤独な人間の善意が決定的に崩れ去る姿が示されている。
（前掲書四九ページ）

このドストエフスキーの読み方は、まさに否定神学の方法です。個人で社会制度を変えていこうとする『罪と罰』のラスコーリニコフの道もダメ。善意だけで生きていこうとするムイシュキンの道もダメ。では、どうすればいいのか？　そういう問いに「何々がいい」とは言わないのが、きわめてロシア的な思考なのです。「何々である」と積極的に提示していくのを神学では肯定神学と呼び、一方「Aではない」「Bではない」「Cでもない」というさまざまな否定の残余によって物事を規定していくのが否定神学になります。ロシアの思考スタイルは否定神学的なんですよ。

『白痴』においては、主人公の努力が実を結ばないという形で、最終的に神の愛のリアリティが示されるのです。罪が覆《おお》っているこの世界だから、救済は逆説という形を取らざるを得ない。無力という形を取らざるを得ない。神は沈黙せざるを得ない。にもかかわらず、神の愛のリアリティが示される。それを説得力をもって描き切ることができるのも文学の力でしょう。

「無神論を信じる」ということ

ここまでフラプチェンコの論考に拠《よ》りながら『白痴』を見てきましたが、いよいよ作品のテキストに入っていきましょう。『白痴』ではロシアのキリスト教、とりわけカトリックに対するドストエフスキーの姿勢がかなり明確に示されています。これは今のロシアを理解するためにも重要なポイントになるんです。

まず、ムイシュキンがロゴージンの家を訪ねて、部屋に飾ってあるキリストの絵を見せられる場面。

「そう。これは――ハンス・ホルバインの模写だね」公爵はようやく絵を見わけて言った。「私はそれほど目ききじゃないけれど、これはりっぱな模写らしいね。私は一度この絵を外国で見たことがあるけれど、いまだに忘れられないよ。でも……なんだってきみは……」

（『白痴』上巻四九四ページ）

ここで注目すべきは模写だということです。これ、すごくロシア的なんだ。なぜか？　伝統的にイコン（聖画像）を大事にしているからですよ。イコンにおいては、作者のサインもなく、オリジナルとコピーの間に効力の差がまったくありません。ヴァルター・ベンヤミンが言うような複製芸術で良くて、「オリジナルの持つアウラ」（オーラ＝権威、効能）なんて気にしないのです。いまのデジタルだって、そうだよね。だからイコン論はデジタルの時代には非常に有効です。

ここで作品が出てくるハンス・ホルバインは、同姓同名で父と息子がいますが、こはヘンリー八世やトマス・モアの肖像を描いた息子の方です。ルネサンス期の有名なドイツの画家です。ホルバイン（子）の絵を見て、ムイシュキンとロゴージンがちょっとした議論を始めます。

「おれはあの絵を見てるのが好きでね」ちょっと口をつぐんでから、またしても自分の質問を忘れたかのように、ロゴージンはつぶやいた。
「あの絵をだって！」公爵は思いがけなく心に浮んだある考えに圧倒されて、ふいに叫んだ。「あの絵をだって！　いや、人によってはあの絵のために信仰を失うかもしれないのに！」

（『白痴』上巻四九五ページ）

信仰を失わせる絵って、どんなのだろう？　イコンとは逆の効果があるわけですよね。イコンは聖画像だけれど、キリスト教では神の姿を絵に表わすことはできない。しかし、まことの神の子であると同時にまことの人であるイエス・キリストの姿は表わすことができるのです。そして、人の姿であるイエスを通じて、神を知ることができる。ただイコンを描く時には約束事があって、イエスには光輪がなければならない。これが聖霊を示します。

ところが逆の絵もあって、その一つがホルバインのこの絵です。原画はスイスのバーゼル美術館にあって、ドストエフスキーも見ているんだけど、信仰を失わせるマイナスのオーラが出ている絵なんだ。というのは、ロゴージンの家に架けられている「墓の中の死せるキリスト」という絵は、十字架から降ろされたキリストの亡骸《なきがら》がいわばリアリズムで描かれていて、死後どれだけの時間が経《た》っている状態なのか、亡骸は傷《いた》みはじめているように見えます。

ロシア正教の考え方では、「聖人は死んだ後も、その遺体は腐らない」とされているので、キリストの亡骸が傷むなんてことは認められません。こんな絵は、「イエスは聖人ではなかった。キリスト＝救い主ではなかった」と主張しているに等しいわけです。彼らにとって、この絵を受けいれることは、信仰を失うことでもあります。

「そうでなくても、失われかけてるよ」思いがけなくロゴージンがいきなり相槌《あいづち》をうった。二人はもう出口のドアのすぐそばまで来ていた。

「え、なんだって？」公爵はいきなり足をとめた。「ねえ、きみはどうしたんだ！　私はちょっと冗談を言ったのに、きみはそんなにまじめになってさ！　でも、私が神を信じるかなんて、どういうつもりできいたんだい？」

「いや、たいしたことじゃない。ただちょっとね。ずっと前からきいてみたいと思ってたんだよ。だって、近ごろは信じてないやつが大勢いるじゃないか。ところで、この話はほんとかね（あんたは外国暮しをしてたんだからね）――ある男が酔った勢いでおれに言ったんだが、おれたちのロシアには、ほかのどこの国よりも、神を信じねえ人間が多いんだってな？　『この点ではおれたちのほうがよその国よりも楽なんだよ。だっておれたちのほうが他の連中より先へ進んでいるんだから』ってやっこさんは言ってたがね……」

（『白痴』上巻四九五―四九六ページ）

ここに現われているのは、無神論においてロシアはヨーロッパより先行しているという考え方です。ヨーロッパ人は近代化、世俗化の中で神なんか信じないようになったけれど、表面上はいまだに信じているふりをしている。一方、ロシアのニヒリストたちは無神論を公言していました。

ロシアのニヒリズムは、ニーチェの「神は死んだ」的なニヒリズムではなく、既成の価値観を否定するニヒリズムなのです。キリスト教の愛を実践するためには、既存の神を信じたらダメだというニヒリズム。ロシアのニヒリストは神を信じないけれど、愛や社会正義を実現しようとします。つまりロシアにおける無神論はヨーロッパの無神論とは全然違うのです。だから、ロシアでは「無神論を信じる」という言い方が可能なんですね。もっとも、こういった無神論の源流はドイツの哲学者フォイエルバッハから来ています。

「全体主義こそが自由」というロシア性

さて、場面は変わります。物語がいよいよ終盤に向かって走り始めるあたり、ムイシュキンはひょんなことから亡《な》くなった恩人の過去を知ることになります。ここでカトリシズムの問題が出てくるんです。ちなみに、さっきの話で言えば、カトリックでは（プロテスタントでも）聖人の亡骸は腐らないなんてことは言いません。

「パヴリーシチェフはじつに聡明《そうめい》なキリスト教徒でした、真のキリスト教徒だったのです」ふいに公爵は言った。「いや、そんなかたが……非キリスト教的な……信仰に屈服するなんてことがありうるでしょうか？　カトリックは……非キリスト教的な信仰も同じことですからね！」彼は眼を輝かして、みんなを一度にながめまわすように、ぐっと前方を見つめながら、ふいにこうつけくわえた。

（『白痴』下巻五一〇ページ）

　パヴリーシチェフは、スイスで療養中のムイシュキンに仕送りをしていた人物で、彼にとってはまさに大恩人です。でも、その大恩人がカトリックに改宗していたことが分かってムイシュキンが衝撃を受けるのです。

　ここはヨーロッパ人でも理解しにくいことですが、ロシア人でありながらカトリック教徒というのは不可能なんですよ。なぜならロシア人の感覚からすると、カトリシズムにはキリスト教の本質である〈自由〉が完全に失われているように感じられるからです。今でもロシアにはカトリック教徒はいません。モスクワでも、カトリックの教会はフランス大使館の付属教会とリトアニア・ポーランド系の教会しかないんです。
ロシア正教には「ソボールノスチ」という概念があって、ソボールノスチのソボールは「集会」という意味です。これはオーケストラで考えてみるとわかりやすい。オーケストラで一人ひとりのパートは第二バイオリンとかオーボエとかばらばらだけれど、指揮者のもとで制約されることで、最も良いハーモニーが生まれる。こういうのを「ビザンチン・ハーモニー」と呼びますが、一人ひとりが自分の置かれた場所で制約されていることこそが自由への道なのだという発想です。いうなれば一種の全体主義ですよ。全体主義によってこそ、自由が体現される、よい交響楽が奏《かな》でられるのだ。つべこべ言わずに信じろ、それぞれの持ち分で全力を尽くせ、というわけです。これも「ロシア性」と呼んでよい、彼ら独特の性質なのです。

　これに対してカトリシズムは、一人ひとりの分《ぶ》をわきまえさせるのではなく、「教会の指導に従え」というものです。そこには自《おの》ずと強制力が生じるから、ロシア人は「自由のない、疎外されたキリスト教」だと見なして、唾棄《だき》すべき信仰だと思っています。だから、ムイシュキンは「自分が否定すべき価値観を持つ人から援助を受けていたのか」と衝撃を受けるわけですね。

　ムイシュキンの信仰は、ロシア正教会の中でも極めて保守的な立場です。カトリシズム、とりわけイエズス会に対して攻撃的なスタンスをとっていました。

ここで押さえておきたいのが、ロシアの保守的な神学者たちの立場です。「モスクワ第三のローマ説」という言葉を聞いたことはありますか？　これはロシアを理解する時の一つの鍵《かぎ》になります。

第三というくらいですから、もちろん第一と第二があります。第一のローマというのは、まさにローマ帝国のこと。キリスト教がローマ帝国の宗教となり、キリスト教の中心地になった時を指しています。しかしゲルマン人のアレイオス派、異端派の人たちと妥協したので滅びてしまった。やがてコンスタンティノポリスに移って第二のローマが誕生したけれども、ここも正しい信仰を維持できず、イスラム教徒によって滅ぼされてしまった。つまり、一五世紀半ばにコンスタンティノポリスが陥落して東ローマ帝国はなくなってしまったわけですね。その結果、霊的な意味でのローマはモスクワに移った――これがモスクワ第三のローマ説なんです。一四七二年にイヴァン三世が、東ローマ帝国の最後の皇帝コンスタンティノス一一世の姪《めい》と結婚して、ローマ帝国の継承者であると宣言しています。

以来、ロシア正教においては、モスクワは父・子・聖霊という三位《さんみ》一体《いったい》における聖霊に値するので、もうその先はないと考えます。第四のローマはなく、第三のローマが永遠であると。したがって、ロシアという国は単なる国家に留まらず、すべてのキリスト教民族を指導し、霊的に保全していく特別の役割があると考えてきました。面白いことに、このモスクワ第三のローマ説はソビエト体制の中でも生き残るんですよ。それが第三インターナショナルでした。

第一インターナショナル（一八六四年）はマルクスやバクーニンが一緒につくりましたが、これは無政府主義者とマルクス主義者のあいだの見解の相違で解体してしまった。そして第二インターナショナル（一八八九年）は、プレハーノフとかカウツキーたちがつくったマルクス主義者たちの国際ネットワークです。「プロレタリアートに祖国はない」という主張で、例えば日露戦争の時は、プレハーノフは片山潜《かたやません》と握手して反戦平和を訴えた。しかし、この第二インターナショナルも一九一四年に第一次世界大戦が勃発《ぼっぱつ》すると分裂しました。各国の社会民主党は戦時予算に賛成したし、特にドイツに至っては、われわれの文化を守るための防衛戦争だと位置づけました。それでレーニンが「帝国主義戦争を内乱に転化し、内乱を革命に転化せよ」と言って第三インターナショナル（一九一九年）を作った。レーニンは明らかに「第三のローマ」とのアナロジーを意識していたでしょう。

また、帝政ロシアの首都はサンクトペテルブルグでしたが、「モスクワに戻せ」と言ったのはロシアのスラヴ派でした。サンクトペテルブルグは人造都市であって、宗教都市のモスクワこそがロシアの中心だ、というのがスラヴ派の主張だった。ソビエト政権はそれを受け入れて、首都を二〇〇年ぶりにモスクワへ戻しました。意外とソ連は宗教的だったんですよ、宗教を否定しながらね。

神と人の関係

このあたりからムイシュキンの、そしてドストエフスキーの宗教観が明確に見えてきます。パヴリーシチェフのカトリック改宗を知ったムイシュキンがカトリックを徹底攻撃します。ムイシュキンは「第一に非キリスト教的な信仰ですね！」とカトリックを激しく否定した後、興奮気味に持論を展開し、ついには発作を起こしてしまいます。

> 「(前略) それから第二には、ローマ・カトリックは例の無神論よりもっと悪いくらいですよ、(中略) 無神論はただ無を説くにすぎませんが、カトリックはそれ以上のものですからね。それはゆがめられたキリストを説いているからです、(中略) ローマ・カトリックは全世界的な国家的権力がなければ、この地上に教会を確立す

ることはできないとして、Non possumus!（われらなすあたわず！）と叫んでいるではありませんか。私の考えでは、ローマ・カトリックは信仰ですらなくて、まさに西ローマ帝国の継続にすぎません。（中略）ヨーロッパでは、もう民衆そのものの大部分が、信仰を失いはじめているんですからね——それも以前は暗黒と虚偽のためでしたが、いまではもう狂信からなのです、教会とキリスト教にたいする憎悪《ぞうお》の念からなのですよ！」

（『白痴』下巻五一〇—五一二ページ）

無神論よりもカトリック信仰の方がより悪い。そんなカトリックだからヨーロッパで民衆が信仰を失うのも当然だと。こういった考えがなぜ出てくるのかというと、カトリックとロシア正教の「神と人の関係」のとらえ方の違いにあります。

カトリックの救済観は砂時計のモデルで理解するとわかりやすいんです。カトリックにおける救済は、神から人間への一方的な恩寵《おんちょう》であり、それはイエス・キリストという一点を通って上から下に降りて来る。イエス・キリストが砂時計のくびれの部分にあたります。これに対して、正教の場合は、逆に下から上へと上がっていく。すなわち人間が神になるというのが正教の究極的な目標なのです。われわれ一人ひとりは、みんな神になれるんだ。そんなふうに考えるんですね。

ロシア正教はカトリックの教会について手厳しく批判しています。カトリックの教会は「組織に加われば、それだけで救われる」と言うが、そんなものは単なる組織論だと非難します。キリスト教の神秘性が失われ、聖霊の自由な働きを認めていないじゃないか、つまりは救済のための教会が機能していないじゃないかと。ただ、ムイシュキンが語る「カトリック教会＝存在悪」というのは、ロシア正教内でも最保守派の考えです。そこから見えてくるのはドストエフスキーの過剰なまでの正教会執行部に対する同化です。

でも当時の正教は、教会の自治が廃されていた時代です。一八世紀初頭に行われたピョートル大帝の教会改革のせいですが、総主教が廃され、シノード（聖務会院）という役所が教会を管轄《かんかつ》していた。だから実は正教の教会も霊性が失われていた。しかしドストエフスキーは、あるいはムイシュキンは、そんな状況を無視して、「教会＝国家」であった当時の正教を手放しで礼賛《らいさん》しているわけ。本当にそう考えていたのかどうかはわからないけれど、過剰な同化をしていますね。

……と、駆け足で『白痴』を見てきましたが、読めば読むほど通説と違うムイシュキン像が出てきませんか。

とりわけムイシュキンのカトリックに対する姿勢は、そのまま現在のロシアの姿勢、ひいてはプーチンの世界観にも繋がっていきます。つまり、ロシアがなぜ西側を嫌って警戒しているかを理解できる鍵があります。二一世紀の今の世界を読むときにもこの小説は、意外と役に立つんですよ。

ロシアは、西ローマ帝国を継承する欧米のカトリック・プロテスタント文明とは異質な世界なのです。ロシアの哲学者、ニコライ・ベルジャーエフはロシアはビザンチン帝国（東ローマ帝国）の後継帝国でキリスト教的東洋だと特徴付けました。私もこの見方は正しいと思います。日本人がロシア文学を好むのは、東洋性においてロシア人と共通するところがあるからだと思います。

コロナ禍に直面してグローバリゼーションが後退しています。グローバリゼーションを支える価値観である自由、民主主義、市場経済などは、カトリック・プロテスタント文明の中で普遍的に見えるだけで、その外部においては普遍性を持ちません。この事実をドストエフスキーは『白痴』で見事に表現しました。

第三章　『悪霊』を読む

最初は、ある地方都市でささやかれる噂話《うわさばなし》のはずだった……。実際におこった、ある革命組織における内ゲバ殺人事件をモデルにして、農奴解放以後、資本主義の興隆、倦怠《けんたい》する上流階級、不満を溜《た》めこむ若者たちなど、混沌《こんとん》の中で揺れ動くロシア社会を描き出していく。ドストエフスキーの作品上、最多の死が描かれる超問題作であり、革命組織を背後で動かす悪魔的な美青年スタヴローギンは、世界文学史上最も印象的で、最も謎《なぞ》めいた、登場人物のひとりだ。

〔江川卓訳〕

『罪と罰』『白痴』に続く長編小説は『悪霊《あくりょう》』です。まず『ニッポニカ』で江川卓さん執筆の項目を読んでみましょう。

> ロシアの作家ドストエフスキーの長編小説。1871～1872年に『ロシア報知』に発表。聖書に、悪霊（悪鬼）に憑《つ》かれておぼれ死ぬ豚の群れの記述があるが、この作品は無神論革命思想をその「悪霊」に見立て、それに憑かれた人々の破滅を描こうとしたもので、実在のアナーキスト革命家ネチャーエフ（小説ではピョートル・ベルホベンスキー）が転向者イワノフ（シャートフ）を惨殺《ざんさつ》したリンチ事件に取材している。小説はこの事件を軸に、父の世代の自由思想家ステパン、人神論者（引用者注・人神論というのは、「神が人になるなら、人は神になる」という一種の無神論的な

キリスト教の考え方）キリーロフ、民族主義者シャートフ、専制社会主義者シガリョフら、錯雑した登場人物の重厚な思想的ドラマとして展開するが、「真の主人公」はそのいっさいの背後にある謎めいた存在スタブローギンで、彼については別に「告白」の章も残され、もっともドストエフスキー的な人物像として有名。革命や組織の問題について現代を予見した書とされ、日本の連合赤軍リンチ事件は小説発表の100年後に起こった。

一九七二年にあさま山荘事件が起きて、連合赤軍内での陰惨なリンチ殺人が明らかになった時、熱心なドストエフスキー読者である大江《おおえ》健三郎《けんざぶろう》さんや埴谷《はにや》雄《ゆ》高《たか》さんが一〇〇年も前に内ゲバ殺人事件を扱っていた『悪霊』の予見性について言及していましたが、作家でもう一人、高橋和巳《かずみ》さんのことも忘れてはいけません。

高橋さんは事件前年の七一年に三九歳で亡《な》くなっていますが、早過ぎた晩年の六六年から六八年まで雑誌連載した『日本の悪霊』（河出文庫）という長編小説があります。戦後の混乱期に革命資金調達のため山林地主を殺して、八年間逃げ回っている男と、追いかける特攻帰りの刑事という二人を軸に展開する物語です。作品世界の背景には一九五〇年代の日本共産党の分裂があります。共産党は戦後すぐは武装路線を取っていたのに、六全協《ろくぜんきょう》（一九五五年夏に開かれた日本共産党第六回全国協議会）で「武装路線は誤りだった」と総括して方向転換したために、梯子《はしご》を外されてしまった運動家たちがいたんですね。そんな彼らの行き場を失った思想や情念をうまく掬《すく》い上げて、タイトル通り、戦後日本を舞台に『悪霊』のテーマを発展させた文学的達成だと思います。あさま山荘事件から連合赤軍のリンチ死事件への予見性という意味では、ドストエフスキーの『悪霊』と共に、事件直前に高橋和巳も『日本の悪霊』を書いていたということも覚えておいていい。

　では、ドストエフスキーの方へ入りましょう。

　まず『悪霊』の扉のところ、エピグラフを見てください。プーシキンの引用のあと、『聖書』の「ルカによる福音書」が引かれ、新潮文庫では日本聖書協会の文語訳が掲載されています。

　洋の東西を問わず、文学作品のエピグラフに『聖書』の言葉が引用されることは多いのですが（例えばヘミングウェイ『日はまた昇る』や太宰治《だざいおさむ》『桜桃』）、カッコよく見えるからなのか、文語訳を使いたがるんですね。でも、ダメなんですよ。なぜかというと、あれは漢訳聖書からの重訳で、つまりヘブライ語やギリシア語の聖書をちゃんと見ていない翻訳なのです。だから、われわれ神学の専門家は文語訳聖書をほとんど使いません。ただ文学の世界においては、いまだによく使われるので、「困ったな」と思いつつ参照することはあります。いま使うのなら、二〇一八年に出た聖書協会共同訳の聖書が一番いい。最新の研究を活《い》かした底本に即して、カトリックとプロテスタントが協力して出したものです。

『悪霊』のエピグラフを詳しく見てみますね。『新約聖書』の「ルカによる福音書」からの引用ですが、このエピソードは「マタイによる福音書」にも並行記事があります。両方を比較して読んでみよう。

まず「ルカ」から、前後の部分も含めて少し長めに読みます。新潮文庫で使われている文語訳でなく、聖書協会共同訳を用います。

一行は、ガリラヤの向こう岸にあるゲラサ人の地方に着いた。イエスが陸に上がると、この町の者で、悪霊《あくれい》に取りつかれている男に出会われた。この男は長い間、衣服を身に着けず、家に住まないで墓場を住まいとしていた。イエスを見ると、叫んでひれ伏し、大声で言った。「いと高き神の子イエス、構わないでくれ。頼むから苦しめないでほしい。」イエスが、汚《けが》れた霊に男から出るように命じられたからである。この人は長い間、汚れた霊に取りつかれていたので、鎖でつながれ、足枷《あしかせ》をはめられて監視されていたが、それを壊し、悪霊によって荒れ野に追いやられていたのである。イエスが、「名は何と言うのか」とお尋ねになると、「レギオン」と言った。たくさんの悪霊がこの男に入っていたからである。悪霊どもは、自分たちに底なしの淵《ふち》に行けとお命じにならないようにと、イエスに願った。ところで、辺りの山でたくさんの豚の群れが飼ってあった。悪霊どもが豚の中に入る許しを願うと、イエスはお許しになった。悪霊どもはその人から出て、豚の中に入った。すると、豚の群れは崖《がけ》を下って湖になだれ込み、溺《おぼ》れ死んだ。この出来事を見た豚飼いたちは逃げ出し、町や村にこのことを知らせた。そこで、人々はその出来事を見ようと出かけて行った。彼らはイエスのところに来ると、悪霊どもを追い出してもらった人が、服を着、正気になってイエスの足元に座っているのを見て、恐ろしくなった。成り行きを見ていた人たちは、悪霊に取りつかれていた人の救われた次第を人々に知らせた。ゲラサ地方の人々は皆、恐怖に捕らわれ、自分たちのところから出て行ってもらいたいとイエスに願った。そこで、イエスは舟に乗って帰ろうとされた。悪霊どもを追い出してもらった人が、お供をしたいと願ったが、イエスはこう言ってお帰しになった。「自分の家に帰って、神があなたにしてくださったことを、ことごとく話して聞かせなさい。」そこで、彼は立ち去り、イエスがしてくださったことを、ことごとく町中に言い広めた。

（聖書協会共同訳『新約聖書』「ルカによる福音書」第八章二六―三九節）

われわれみたいに神学屋ではない人たちは、こういう一節を読んで、そのまま額面どおりに受け止めるでしょ？　われわれはどこに注目するかというと、この「ゲラサ」という町が実際どこにあるか、そこから見ていくのです。ここを読むと、湖のすぐ傍《そば》にある町みたいな印象を受けますが、ゲラサ（現在のジェラシュ）はガリラヤ湖の南東約五〇キロメートルにある町なんですよ。すると、ブタが五〇キロも駆けていくかね、という疑問が湧《わ》くよね。

そして、「悪霊に取りつかれている」人とは何かといえば、実際は重い精神疾患を患《わずら》っている人のことでしょう。だから裸で歩いているし、墓場で寝ているわけだし、奇妙なことを口にするから、足枷を嵌《は》められているんですね。

イエスが名前を聞くと、「レギオン」と答えます。レギオンというのはローマ帝国軍の最大軍団のことです。兵士はだいたい五～六〇〇〇人いました。ここから、この「ルカ」のテキストを書いた著者は、ローマ軍に対する憎しみと恐れを持っていたことがわかります。

彼らは「底なしの淵に行けとお命じにならないように」とイエスに頼みます。底なしの淵って何だろう？　これは、神が終末にやってきて、悪霊を永遠に封じ込める場所なんですよ。

しかし何よりもここで重要なのは、悪霊がイエスを神の子（救世主）だと認めていることです。『聖書』のテキストで、イエス＝神の子だと認められる場面はここが最初なんです。誰よりもまず、悪霊が認めたんだね。

では、悪霊は湖で溺れ死んだ後、どうなったんだろうか？　これは書かれていないけれども、おそらく「底なしの淵」に封じ込まれたのでしょうね。しかし、そんな悪霊から助けてもらいながらも、ゲラサの人びとはイエスを受け入れず、「出て行ってもらいたい」と願うのです。ドストエフスキーは『聖書』からわざわざそんな一節を選び出して、エピグラフとして掲げています。言うまでもなく、エピグラフというものは、読者への象徴的なメッセージであり、作品内容を暗示するものです。

では、この箇所の並行記事である「マタイによる福音書」も見てみましょう。

イエスが向こう岸のガダラ人の地方（引用者注・「ルカ」とは場所が違います）に着

かれると、悪霊《あくれい》に取りつかれた者が二人、墓場から出て来て、イエスに会った。二人はひどく狂暴で、誰もその辺りの道を通れないほどであった。突然、彼らは叫んだ。「神の子、構わないでくれ。まだ、その時ではないのにここに来て、我々を苦しめるのか。」ところで、そこからずっと離れた所に、おびただしい豚の群れが飼ってあった。そこで、悪霊どもはイエスに、「我々を追い出すのなら、あの豚の中にやってくれ」と願った。イエスが、「行け」と言われると、悪霊どもは二人から出て、豚の中に入った。すると、豚の群れはみな崖を下って湖になだれ込み、水に溺れて死んだ。豚飼いたちは逃げ出し、町に行って、悪霊に取りつかれた者たちのことなど一切を知らせた。すると、町中の者がイエスに会いに出て来た。そして、イエスに会うと、その地方から出て行ってもらいたいと言った。

（聖書協会共同訳『新約聖書』「マタイによる福音書」第八章二八―三四節）

ここに出てくるガダラというのは、ゲラサとは別の町（現在のウムカイス）で、ガリラヤ湖の南東約九キロメートルにあります。九キロでもブタが走るには遠すぎるよね。それはともかく、ゲラサにしてもガダラにしても、これだけブタを飼っているというのは、どういうことだろう？　ユダヤ人はイスラム教徒と同様、ブタを食べません。ブタが飼われているということは、すなわち異教徒の多い町だということになります。

「ルカ」にせよ「マタイ」にせよ、共通して言えることは、イエスへの信仰が及んだのは、イエスが生存していた時代においては、まだまだイスラエルの領域内に留まっていたということです。しかも、こういう奇跡を起こした者を、人びとは受け入れなかった。〈異邦人伝道〉はイエスの死後のことだというのがわかりますね。

この二つのテキストで重要なのは、まず悪霊がイエスを神の子（救世主）と認めていること、それから奇跡を起こしたにもかかわらず、その神の子は地元の人たちから受け入れられなかった、という点です。これは『悪霊』全体と、どんな関係があるのだろうか？

複数の読み方が可能

では『白痴』と同じく、ここでもまずフラプチェンコ「ドストエフスキーとその文学遺産」（『ドストエフスキーと現代』）から『悪霊』に関するところを少し読んでみましょうか。

ソビエト時代の文芸批評家にとって、『悪霊』は扱いにくい小説でした。どう読んでも、革命に対するドストエフスキーの忌避反応が強く表われているから、〈反＝革命〉的書物と思われていたのです。ドストエフスキーが実際（少なくとも表面上は）そうであったように「皇帝＝帝国を信奉するきわめて保守的で、革命に反対していた作家」とは書けないので、フラプチェンコは苦労して、「ドストエフスキーは『悪霊』執筆に際して、「ネチャーエフ・グループ」裁判記録を縦横に駆使した。このグループは、その指導者ネチャーエフを通じて国際無政府主義者のバクーニンと結びついたのだ」という具合に、ドストエフスキーは『悪霊』でアナーキズム批判をしていたのだというストーリーに回収しようとしています。共産党はアナーキズムを否定していますからね。

しかし、アナーキズムもマルクス主義も究極的には国家の存在を認めないわけだから、これは苦しい逃げ方です。マルクス主義はアナーキズムとプロセスが違って、過渡的に生産力が不十分な段階には、敢《あ》えて国家が存在することを認めると主張している。そんな差だけだから、これはちょっと無理筋の説明ですよね。

例えば、フラプチェンコはこんなことも書いています。

この小説にえがかれた革命家たちは、自分たちの主な目的が社会全体に騒乱をひき

> 起し、社会秩序を徹底的に破壊しつくすことにあると見ている。社会の未来について彼らはほとんど関心がなく、きわめて不明瞭な形でしか理解していない。その破壊の主目的を達成するためには、ドストエフスキーの革命家たちはいかなる道徳的規準も考慮することなく、どんな手段を講じてもいいと考える。悪ければ悪いほどいい——彼らはそういう原理に立って行動しようとする。彼らの指導者ピョートル・ヴェルホーヴェンスキーは欺瞞と瞞着の手をつかう。彼は同じ思想をいだく者の同盟を血で固め、同志の絶えまのない恐怖をもって「革命」綱紀に代える。ヴェルホーヴェンスキーとその仲間は、大変革を起して前代未聞の瓦解を生じさせるには、たいして労力を要しないと確信をいだいている。春にはじめて秋には終るだろう、と彼はいう。
>
> （『ドストエフスキーと現代』五七ページ）

先に読んだ江川さんの解説にあるように、ピョートル・ヴェルホーヴェンスキーはネチャーエフをモデルにした登場人物です。ここで言及されているヴェルホーヴェンスキーたちの運動というのはアナーキストや社会革命党（エスエル）などのことです。レーニンを暗殺しようと狙撃《そげき》したファーニャ・カプランなんて女性も社会革命党員でした。そんなのと、われらがソ連共産党は違うんだよと言っているわけ。

ネチャーエフ事件については、こう記しています。

しかし、ドストエフスキーは、「ネチャーエフ・グループ」の思想と方法の解明にあたっては現実にあった事実に依拠したのにたいし、彼らの精神面をえがくときには、「ネチャーエフ・グループ」をあらゆる醜悪さの塊としてとらえながら、しかも現実からは後退したのだった。もっとも彼には、彼らが誤った道を歩みながらも、主観的には公共の福祉という思想に打ちこんでいたことは、よくわかっていたのだ。

ドストエフスキーの革命家が、ロシアの真の民主主義的解放運動と国際プロレタリア民主主義のなかで形成された社会主義者や革命家の世代とどんなにかけ離れた存在であるか、いまさらいうまでもない。

（前掲書五七ページ）

ネチャーエフ・グループの冒険主義は、われらが革命にとって有害なのは今や自明であろう、というわけだね。ドストエフスキーはその実態を暴露したんだという形で評価してみせている。このへん、フラプチェンコ苦心の一節です。

ただ、ドストエフスキーの方が一枚上手というか、真の小説家というか、ソ連の体制が変わったら、『悪霊』は反スターリン主義の書として読まれるようになったんです。高橋和巳も大江健三郎も埴谷雄高も、その線で読んだでしょう。さらに、ソビエト崩壊後は、ロシアでは「『悪霊』は素晴らしい、反革命こそが正しいんだ、革命なんか起こしたらダメだ」という読み方になった。プーチンの二〇年にわたる施政は徹底した反革命に裏打ちされてますからね。「とにかく混乱だけはさせない」というやり方で、大した経済成長もしないまま、世界におけるロシアの存在感を増してきました。

そんなふうに複数の読み方が成り立つというのは、『悪霊』が名作の証拠です。オウム真理教の事件の時に『悪霊』を思い出した人もいました。いつの時代でも、何らかのドグマを妄信する組織や集団を考える時には、『悪霊』はかっこうのテキストになります。例えば新自由主義やグローバリズムなんていうのも、偏狭なドグマかもしれなくて――ＧＡＦＡは経済型悪霊かもしれませんし、あるいはマイケル・サンデルが批判しているメリトクラシー（例えば学歴偏重）も新しい悪霊かもしれません――、そんなことを感じた時にこの長編小説を読むと、また新たな解釈が生まれてくるでしょう。

超人と革命と

ドストエフスキーがモデルにしたセルゲイ・ネチャーエフ（一八四七〜八二）についても、『世界大百科事典』（平凡社）の項目を見ておきましょう。

> ロシアの革命家。貧しい家庭の中で独学し、教師資格を得るかたわらペテルブルグ大学の聴講生となって、１８６８―６９年の大学紛争に加わり、学生運動の革命化を図ってトカチョーフとともにラディカル少数派に立った。自ら投獄のうわさを流しておいて、69年3月ひそかにスイスへ脱出、バクーニンやオガリョーフに接近して革命資金を入手し、前者とともに革命を訴えるいくつかの宣伝文書を作成した。とりわけ有名なのは《革命家のカテキズム》（１８６９）で、その主張は〈目的のために手段を選ばぬ〉として、後年〈革命のマキアベリズム、革命のイエズス主義〉と評された。69年9月モスクワへ戻り、架空の〈世界革命同盟 Vsemirnyi revolyutsionnyi soyuz〉ロシア代表を名のって〈人民の裁き Narodnaya rasprava〉という秘密結社を結成した。しかし極端な革命的リゴリズムは組織内に反目と対立

をもたらし、メンバーの一人でペトロフスキー農業大学（現、ティミリャーゼフ記念農業大学）の学生イワン・イワノフを、モスクワ郊外の同大学構内で殺害した。事件は明るみに出て、およそ1ヵ月後の12月中旬、当局は関係者の逮捕と革命組織の摘発に乗り出し、約３００名が拘禁され、87名が裁判にかけられるという大がかりなものになったが、ネチャーエフ自身は再び国外に脱出した。同事件を契機に、ドストエフスキーが《悪霊》を執筆したことはよく知られている。再度スイスに姿を現したネチャーエフは、１８７０年夏までに《コロコル》《人民の裁き》誌を刊行したものの、その無原則性や挑発的で策略的な行動はついにバクーニンらの不信を買い、絶対的孤立に陥ったあげくに逮捕され、ロシア警察に引き渡された。73年1月、20年の懲役判決を下され政治監獄に収容されたものの、なお革命運動への強い意志を保ち続けて看守らを説得し、獄外の革命組織〈人民の意志〉派と連絡をとることに成功した。外部から救出が計画されたが、皇帝アレクサンドル2世の暗殺を経て革命運動は厳しく弾圧されて頓挫し、結局獄死した。　［左近毅］

ここにあるようにネチャーエフは貧しい家庭出身で、ペテルブルグ大学の聴講生をしながら学生運動の革命化を図っていきます。

一八六〇年代のロシアではナロードニキ運動、「人民の中に入っていけ」という運動が始まりました。悔い改めた貴族たちが農奴を解放して、人民の中に入っていこうとした。するとね、貴族たちが「おまえたちのための運動だ」と言っても、農民たちは「変な奴《やつ》が来た」と彼らを警察につき出すわけです。それを見て、ネチャーエフとか仲間のピョートル・トカチョーフといった急進派の学生たちは、「農民は恐ろしいほど保守的で、ツァーリ（皇帝）がキリストの代理人だと信じている。この農民の受動性を利用しよう。体制の上層部をテロによって除去し、権力をわれわれが掌握すれば、彼らの受動性は変わらないのだから、世の中は良くなる。大衆蜂起《ほうき》などは、この農民たちを相手に考えない方がいい」と考えるようになっていった。農民や大衆を信じず、陰謀なりテロなりによって権力を奪取するんだというわけですね。

それに対して、マルクス主義は大衆運動で体制側に対抗したということになっていますが、レーニンのすぐれているところは、これらネチャーエフやトカチョーフたちの〈陰謀団的な前衛政党によって権力を奪取していく〉路線も取り入れていったことですよ。

フラプチェンコはこうも書いています。

マルクスとエンゲルスは著書『社会主義的民主主義同盟と国際労働組合』のなかで、――ちょうどネチャーエフ事件と関連して――バクーニンやその同調者の一般綱領と活動に痛烈な非難をあびせた。そして、『悪霊』のなかにもえがかれている「革命信条」をとりあげてつぎのように書いている。「このすべてを破壊しつくす無政府主義者たちは、道徳の分野に無政府状態をつくり出すためにすべてを無秩序状態に陥らせ、ブルジョア的背徳を極端にまでいたらしめようとする。」そこではまた未来の社会体制の基盤についてのバクーニン主義者の立場を評価して、「兵営集団的共産主義のじつにみごとな見本である！」とも述べている。

（『ドストエフスキーと現代』五七―五八ページ）

「『悪霊』のなかにもえがかれている「革命信条」って何？ 「革命家の教理問答」とも呼ぶのですが、ネチャーエフが書いた一種のマニフェストで、例えばその第一条、「革命家とは自分の利益を持たず、仕事も持たず、感情も持たず、財産も持たず、名前すら持たない人である」。そして、「革命家の唯一《ゆいいつ》の、すべての関心は革命を行なうことだけだ」と。

ネチャーエフの考える革命は、革命が成功した後の社会の建設を考えてはいけないんです。建設を考えると必ず権力の論理が入るんだ、と。徹底した破壊によって今ある秩序を破壊し尽くすんだ。後は、次の世代にすべて委《ゆだ》ねればいい。そうすれば、うまくいく――。日本だと戦前の血盟団《けつめいだん》みたいな感じかな。「建設について考えない」というところにポイントがありました。

そんな革命を成就《じょうじゅ》するためには、通常のモラルとは違う超人が出てこないといけない。マルクス主義からすると、ネチャーエフ的な〈無政府主義的な超人〉は、特定の人間が歴史を動かすという一種の英雄史観だからダメだと公式的にはなる。しかし実際のソ連にはレーニンやスターリンのような〈超人〉がいて、個人崇拝があったわけですけどね。

死は私的な事柄（だけ）か

では、『悪霊』を具体的に読んでいきましょう。全編の語り手である「私」（G氏）と人神論者キリーロフとの会話です。

「でも、あの世なぞまるで信じていない無神論者だっているでしょうに？」

彼はふたたび押し黙った。

「あなたは、たぶん、自分に照らして判断されているんじゃありませんか？」

「だれだって自分に照らしてしか判断できませんよ」彼は赤くなって言った。「自由というのは、生きていても生きていなくても同じになるとき、はじめてえられるのです。これがすべての目的です」

（『悪霊』上巻二一六ページ）

一九世紀半ばも過ぎて、啓蒙《けいもう》主義的な理性を信奉する人たちが大半になると、神様やあの世みたいなものの存在が信じられなくなっていくのは当然ですよね。無神論は近代人にとっての普遍的な現象です。

「目的？　でも、そうなったら、だれひとり生きることを望まなくなりはしませんか？」

「ええ、だれひとり」彼はきっぱりと言いきった。

「人間が死を恐れるのは、生を愛するからだ、ぼくはそう理解しているし」と私が口をはさんだ。「それが自然の命ずるところでもあるわけですよ」

（『悪霊』上巻二一六—二一七ページ）

ここ、面白い問題を孕《はら》んでいます。換言すれば、死というものには公的な性質があるのかどうか。あるいは、死を私的な範疇《はんちゅう》に留めることができるかどうか。例えば皆さんのご両親なり、お祖父《じい》さん・お祖母《ばあ》さんなりが寝たきりになってしまうと、胃瘻《いろう》するかどうかとか、人工呼吸器をつけるかどうかとか、判断に悩む問題が出てくるかもしれない。これは死が私的な事柄だけにされているから、悩むんです。例えば『楢山節考《ならやまぶしこう》』の世界みたいに、「何歳になったら姥捨山《うばすてやま》に行く」とか共同体の中で決まっていれば、そこは悩む必要はあまりないわけだよね。やはり、死というものは必ずしも私的領域に回収しきれるものではない、ということがポイントです。それが宗教が生き残ってきた大きな理由のひとつなのですよ。

ただ、これを誤使用すると、さきほど名前を挙げておいたオウム真理教みたいなものが生まれてきます。どういうことか？　オウム真理教に関してはさまざまな観点から、たくさんの本が書かれていますが、私の読んだ中で一番レベルが高いと思ったのは大田俊寛《としひろ》さんの『オウム真理教の精神史』でした。

大田さんは宗教学者ですが、宗教学分野におけるオウム真理教研究は基準に達していないと、手厳しく批判しています。「これまでの学問的営為は、オウムという現象に対して有効な分析を行うことができなかった。それのみならず、私の専攻する宗教学という学問は、破綻へと向かうオウムの運動を、多分に後押しさえしてしまったのである」と書いている。

キリスト教の初期からグノーシス思想というのがあるんです。特殊な知恵を身につけることによって人間は救済されるという、一般には異端とされている思想。しかし正統派のキリスト教にもグノーシスはたびたび密輸入されて、繰り返し形を変えては現れます。大田さんは一橋大と東大で、日本には珍しくグノーシス思想の研究をしてきた人で、キリスト教の内在的論理をよくわかっています。そして、「オウムはキリスト教から生まれてきている」というのが右の本の主張ですが、私は賛成ですね。

世界宗教であるキリスト教は、近代化によって生命力を失っていきました。ただ、啓蒙主義が生まれる一方で、ロマン主義、全体主義、原理主義という反動も折々に生まれてきた。この反動的な流れを統合する形で出てきたカルトがオウム真理教なんだと大田さんは見る。確かに、サリン散布を通じて世界最終戦争を引き寄せ、オウム真理教信者による真理国を樹立して日本を再編するという思想は、〈終末論に基づく千年王国建設〉というキリスト教型カルトに限りなく近い。

大田さんは、近代においてキリスト教が辿《たど》った過程をこう総括しています。

キリスト教は、次第に社会的領域、公的領域からの撤退を余儀なくされ、私的な領域へと押し込められていった。それのみならず近代においては、政教分離の枠組みが世界中に輸出された結果として、キリスト教以外の諸宗教、ひいては「宗教」そのものが、本質的に個人の内面のみに関わる「心理的現象」であるとさえ考えられるようになったのである。

（大田俊寛『オウム真理教の精神史　ロマン主義・全体主義・原理主義』［二〇一一年、春秋社］四四ページ）

これはまさに、ドストエフスキーが『悪霊』の先の会話で指摘していることでした。近代人にとって、宗教的忠誠の対象の代替となったのは主権国家です。ドストエフスキーにとっても、〈国家〉が第一義的な信仰の対象になっていましたね。もっとも彼の場合は、この国家はロシアの土壌、大地とも言い換え可能ですが。

宗教と妄想の区別

もうちょっと大田さんの本を引用してみましょう。

主権国家は宗教とは関わりを持たず、宗教とは、あの世に関する事柄や、個人の心のなかに宿る主観的事象である——近代においては、政治と宗教に関するこうした理解が、徐々に一般化することになった。しかし宗教の存在を、社会を統合するために機能する「虚構の人格」として捉えるわれわれの立場から見れば、このような理解は実は、事態を正確に反映したものとは言い難い。ホッブズが「リヴァイアサン」を地上の神と呼び、ルソーが「政治体」の神聖性を承認させるために市民宗教の必要性を説いたように、近代の主権国家はむしろ、社会を統合するために案出された「新たな宗教」と見なされるべきであり、それは現に、国家という「虚構の人格」の実在を人々が信じることによって成り立っている。しかし、近代の政教分離原則において、国家の権限の及ぶ範囲が地上の事柄に限られるとされたため、国家という存在が根本的に「非宗教的」である一方、宗教とは、天上世界に関する観念や、個人の内面における主観的現象であるとする、短絡的な見方が一般化するようになっていったのである。

(前掲書四四—四五ページ)

ここで大田さんが言っていることはきわめて正しい。ガリレオ、コペルニクス以降の世界像の中で、神の存在する形而上《けいじじょう》学的な宇宙というものが維持できなくなった。簡単にいえば、神は天上にいる、天国は空の上にある、というのが通じなくなった。だって、空の上は宇宙じゃないか、というわけですね。それで「神は心の中にいる」とか、神の居場所はいろいろ移動していきますが、〈超越的な主権者〉という概念は地上に降りてきて、国家になってしまったわけです。だから国家が宗教的な信仰の対象になっていったのだけれども、われわれはなかなかそれに気づかずにいた。

おそらく、キリスト教が強い力を持っていた中世においては、「キリスト教は宗教だ」という意識さえ当時の人びとにはなかったと思う。神の存在を信じているという意識もなかったんじゃないかな。空気のように、ここにあったからですよね。それと同じように、われわれは今、国家を信じているのです。

そうすると、宗教が持っていた国家主権的な面は残るけれども、人間の内面の問題は国家が立ち入らず、私事として処理することになっていく。すると、宗教本来のフィールドと私的妄想の間の区別が原理的につかなくなるんですよ。

これは池上彰《いけがみあきら》さんから聞いたことですが、幸福の科学が文科省に「霊言《れいげん》によって高等教育を行なう「幸福の科学大学」を作る」という申請を出したら、「非科学的だ」

と却下された。そうしたら、「生殖行為を通じずに子どもが生まれたということを主張し、死人が復活したというような荒唐無稽《こうとうむけい》なことを唱えている、そんなキリスト教主義の大学も認可されているのに、なぜ幸福の科学大学は認可されないのか」と反論したそうです。

『罪と罰』の章で、「見てから信じる」のは科学であって、宗教ではない、と言いましたね。確かに、宗教は元来、非科学的なものです。そして、もはや現代では、宗教と私的妄想の区別は原理的につかなくなっているのかもしれません。すると、伝統があれば宗教であって、伝統がなければ私的妄想なのか、という話になってしまう。

大田さんもこう書いています。

> 近代社会においては、もはや私的な妄想と区別のつかないさまざまな「宗教」が、数多く発生・繁茂するという傾向が生じた。同時にそれらの存在は、「信教の自由」の名において、いったんは擁護されるということになる。しかしそうした宗教が、国家からの保護を受けて成長し、徐々に社会的な影響力を持つようになると、その存在は「政教分離」の名の下に弾圧されることになるのである。近代において「宗

教」は、原理的にこのようなダブルバインド的状況に置かれており、それがそのあり方を歪ませる大きな原因となっている。近代社会は根本的に、歪んだ「宗教」が数多く発生するような構造を備えているのである。

（前掲書四五ページ）

そのとおりだよね。信教の自由を認めて、その宗教の力が大きくなってくると、今度は政教分離の問題が生じてくる。

なぜ私が創価学会に強く関心を持つかというと、近代以来の宗教が根源的に抱えている問題が、ものすごく短期間に、かつ明瞭《めいりょう》な形で露《あら》わになっているからなんですよ。創価学会は体制化していくという形で、生き残りの道を選びましたが、それはキリスト教も一緒でした。

『悪霊』へ話を戻していくと、歪《ゆが》んだ宗教の特徴は死の問題をもてあそぶことです。大田さんは、オウム真理教の教祖だった麻原彰晃《あさはらしょうこう》こと松本智津夫《ちづお》の言説では死が重要な意味を持っていたことに注目しています。医者であるとか、宇宙研究をやっていた知的エリートである人たちがなぜオウム真理教に入ったかといえば、「麻原の説法を通じて、死について自覚したからです」と。その時、自分の価値観とか、取り組んできた研究とかが、はかなく見えてきてしまった。大田さんはこう記しています。

よく知られているように、麻原が説法において好んで繰り返した言葉は、「人は死ぬ、必ず死ぬ、絶対死ぬ、死は避けられない」という文句であった。こうしてオウムは、人々に剝き出しの死の事実を突きつけることによって多くの信者を獲得したが、その活動において結局は、死にまつわる数々の幻想を弄ぶことに終始し、人の死をどのようにして弔うかという、古くかつ新しい問いに対して、適切な回答を見つけることはできなかった。

（前掲書二七八ページ）

なかなかいい洞察ですよ。ほんとは宗教学の専門家が、この大田さんの思考の延長線上で、オウムの問題をきちんと考えないといけない。でも、やってないよね。むしろ、サリン事件に関わった一人ひとりの物語を聴きとるという形で、村上春樹《はるき》さんが真面目《まじめ》に取り組んでいます。彼の『アンダーグラウンド』二部作は、結局のところ、現代において死の問題とどう直面しなくてはいけないかを扱っているのです。そのモチーフは、やがて長編小説『騎士団長殺し』などの中で生きてくる。このあたり、文学者のほうが宗教学者より時代に対して真摯《しんし》だと思うな。

近代法の原則で、国家は個人の内面に踏み込まないでしょ？　だからカルトや過激な政治党派でも、思想を問題とするのではなく、具体的な行動を規制の対象としています。破壊活動防止法だって、いやしくも思想信条に踏み込んではいけない、となっています。

しかし、自らが正しいと考える信仰や思想のために、自分の命を捨てる覚悟をした人が、一部ではあるけれど確実に存在しますよね？　このような人びとは、自らが正しいと信じる目的のためには、自分の命を捨てる覚悟ができている。これは裏返して言うと、自分の命をすぐ捨てられる彼らにとって、他人の命を奪うハードルもすごく低くなっているということですよ。

そんな思想の領域と行動の領域は峻別《しゅんべつ》できないんだということが、大田さんの本を読むとよくわかる。そして、そんな力の源泉は宗教なのか、私的妄想なのか。これはドストエフスキーが『悪霊』で扱っていた問題でもあります。

ハラリの「非死」

『悪霊』に戻りましょう。まさに死を論じている場面です。「人間が死を恐れるのは、生を愛するからだ、ぼくはそう理解しているし、それが自然の命ずるところでもあるわけですよ」と言う語り手にキリーロフはこう反駁《はんばく》します。

「それが卑劣なんです、そこにいっさいの欺瞞《ぎまん》のもとがあるんだ！」彼の目がぎらぎらと輝きだした。「生は苦痛です、生は恐怖です、だから人間は不幸なんです。いまは苦痛と恐怖ばかりですよ。いま人間が生を愛するのは、苦痛と恐怖を愛するからなんです。そういうふうに作られてもいる。いまは生が、苦痛や恐怖を代償に与えられている、ここにいっさいの欺瞞のもとがあるわけです。いまの人間はまだ人間じゃない。幸福で、誇り高い新しい人間が出てきますよ。生きていても、生きていなくても、どうでもいい人間、それが新しい人間なんです。苦痛と恐怖に打ちかつものが、みずから神になる。そして、あの神はいなくなる」

（『悪霊』上巻二一七ページ）

すなわち、すべての人が神になれば、神は不在になるわけです。これは『白痴』の章で名前を挙げたフォイエルバッハ流の無神論だよね。要するに人間が本来の人間になれば、神は要《い》らなくなる。ここの議論は、ずっとフォイエルバッハ的な展開をしていきます。

「してみると、いまは神がいるわけですね、あなたの考えだと？」

「神はいないが、神はいるんです。石に痛みはないが、石からの恐怖には痛みがある。神は死の恐怖の痛みですよ。痛みと恐怖に打ちかつものが、みずから神になる。そのとき新しい生が、新しい人間が、新しいいっさいが生れる……そのとき歴史が二つの部分に分けられる――ゴリラから神の絶滅までと、神の絶滅から……」

「ゴリラまでですか？」

「……地球と、人間の肉体的な変化までです。人間は神になって、肉体的に変化する。世界も変るし、事物も、思想も、感情のすべても変る。どうです、そのときは人間も肉体的に変化するでしょう？」

「生きていても、生きていなくても同じだということになったら、みんな自殺してしまうだろうし、それが変化ということになりますかね」

「それはどうでもいい。欺瞞が殺されるんです。最高の自由を望む者は、だれも自分を殺す勇気をもたなくちゃならない。そして自分を殺す勇気のある者は、欺瞞の秘密を見破った者です。その先には自由がない。ここにいっさいがあって、その先には何もないんです。あえて自分を殺せる者が神です。いまや、神をなくし、何もなくなるようにすることはだれにもできるはずです。ところが、だれもまだ一度としてそれをしたものがない」

「自殺者は何百万人となくいましたよ」

「ところが、いつもそのためにではない。いつだって恐怖を感じながらで、その目的のためではなかった。恐怖を殺すためではなかった。恐怖を殺すためだけに自殺する者が、たちまち神になるのです」

（『悪霊』上巻二一七―二一八ページ）

ここでの思考をもっと進めていくと、『サピエンス全史』のユヴァル・ノア・ハラリが言う「非死《アモータル》」になります。アルゴリズムとバイオテクノロジーの発達によって、不死は無理でも、非死の人間は出てくる、とハラリは言います。

非死が実現したら、みんな警戒して、誰も山登りとかサーフィンとか、危険なスポーツはしなくなるだろう、外へ出て行くのを避けるようになるだろう。一方で、いつまでも存在し続けることを自分の判断や意思でやめる、つまり自殺が増えるだろう、と。ハラリは当然ドストエフスキーを読んでいると思うけれど、『悪霊』のモチーフを科学の発達と結びつけて展開しているだけだよね。その意味において、彼の考えている世界像というのは全然新しいものじゃない。

超高齢化社会になって死はますます重要な課題になっていくと思いますが、宗教を信じきれない現代においては、結局、「この世に投げ出された自分は死にゆく存在であり、それを自覚することで、もがきながら生きる」というハイデガー的な考え方しかないのかもしれません。それをドストエフスキーは悲愴《ひそう》な感じで展開していますが、死をいかに楽しげに、乗りのいい感じで捉《とら》えることができるかが今の哲学者に求められているテーマではないでしょうか。

悪霊を信じて、神を信じない

では、『悪霊』の本質のところへ入っていきますね。下巻の「スタヴローギンの告白――チホンのもとにて」の章です。

ドストエフスキーは第二部第八章「イワン皇子」の後ろに入れるものとして（『悪霊』は三部構成ですから、全体のクライマックスへと向かう箇所、いわば最初の山場になります）、この原稿を渡したものの、ゲラ（校正刷り）にまでなりながら、発表媒体である雑誌「ロシア報知」から掲載を拒否されます。単行本になる時も復活されず、作者の没後四〇年もたった一九二一年に発見されました。スタヴローギンが一二歳の少女を（直接には描かれませんが）凌辱《りょうじょく》して自殺に追い込む、という過激な内容のために検閲を恐れた雑誌側から掲載を断られたようです。

キリーロフたち革命組織を背後から操る美青年スタヴローギンは、修道院に隠棲《いんせい》しているチホン僧正を訪ね、最近、幽霊のような幻覚を見ると告白します。そして「病院に行ったほうがいい」というチホンに、「あなたはたぶんこうお思いでしょうね、ぼくはまだ、それがぼく自身であって、ほんとうに悪霊じゃないっていうことを疑っている、確信がもてていないと？」とスタヴローギンが応じると、チホンは「実際にあなたは何かの形をごらんになるのですか？」と問います。スタヴローギンはこう答える。

「変ですね、ぼくがはっきり見ると言っているのに、あなたがそれにこだわるのは」スタヴローギンはまたもや一語一語にいらだちはじめた。「もちろん、見るんですよ、いま、あなたを見ているように、見るんです……時には、たしかに見ているのに、見ていることが信じられなくなることもあるし……また、時には、どちらが本物なのか、ぼくなのか彼なのか、わからなくなる……くだらない話ですがね。

それにしてもあなたは、これがまさしく悪霊のしわざであるとお考えになれんのですか！」彼は笑いだし、いきなりがらりと嘲笑《ちょうしょう》的な口調になって、言い足した。

「だってそのほうが、あなたの職業柄にふさわしいでしょうが」


（『悪霊』下巻六五三ページ）

悪霊とはどんなものでしょう？　二人の対話はこう続きます。


「病気と考えるほうがたしかでしょうな、もっとも……」

「もっとも、なんです？」

「悪霊はたしかに存在しておりますが、その解釈が実にさまざまになりえますのでな」

「あなたがまた目を伏せられたのは」スタヴローギンはいらだたしげな嘲笑を浮べて、相手の言葉《ことば》尻《じり》をとらえた。「ぼくが悪霊なんぞを信じていることが恥ずかしくなったのとちがいますか、しかし、ひとつ信じていないふりをして、ずるい質問をしますがね、悪霊はほんとうにいるんですか、いないんですか？」

チホンは曖昧《あいまい》な微笑を浮べた。

「言っておきますがね、ぼくは全然恥ずかしいなどと思っていないし、あなたの失礼な態度に応《こた》えて、真剣に、あからさまに言っておきますよ。ぼくは悪霊を信じているんです、正真正銘、比喩《ひゆ》ではなく、実在のものとして信じているんです。だからぼくは、何ひとつだれから聞き出す必要もない、それだけの話ですよ」

彼は神経的な、不自然な笑い声を立てた。チホンは好奇の目を彼に向けたが、その眼差《まなざ》しはものやわらかであるとはいえ、いくぶんか気おくれを感じさせた。

（『悪霊』下巻六五三――六五四ページ）

ここで議論されようとしているのは、〈悪霊〉は何か抽象的な概念なのか、それとも実体的な概念なのかということです。ここはたぶん解釈が分かれると思う。

悪霊が実体的なものだというのは、じつにキリスト教的な考え方なんです。キリスト教においては、人間にはみんな原罪がある、生まれた時から罪を持っていることになっています。罪が形になると悪になりますね。悪が体現したものが悪魔です。だからキリスト教の悪というのは決して抽象的な悪ではなくて、必ず具体性を帯びてくる。ここでスタヴローギンが口にしている〈悪霊〉も、やはりキリスト教的な文脈の中での実体的な悪です。

そして無神論者であるスタヴローギンは、長年修道僧であったチホン僧正に向かって、「悪霊を信じて、神を信じないことは可能か？」と挑発的に問いかけているわけだ。おそらくここを書いている時のドストエフスキーの念頭にあったのは一七世紀の哲学者、スピノザだったと思うな。

スピノザは、この世の中のあらゆるもの——人間一人ひとりとか、机とか、コップとか——すべてに神の部分が宿っていると考えた。宇宙全体の総和が神だと考えて、そこから汎神論《はんしんろん》的な体系を作りあげました。でも、もしここに悪が潜んでいるとなれば、汎神論はイコール汎悪魔論にも裏返るでしょ？　地球上には神がそうであるように、悪魔もまた満ち満ちているということになる。だから、悪霊を信じて、神を信じないということも十分可能だよね。汎神論で悪の存在を認めたら、汎悪魔論に通じるのだから。ここでスタヴローギンは、スピノザ的な宇宙像の限界を指摘しているんだと思います。

「神は信じておられるのですか？」スタヴローギンがふいに言った。

「信じております！」

「もし信仰があれば、山に向って動けと言えば、山は動くと言われていますね……

いや、ばかげたことを言ってすみません。でも、やはりぼくは聞いてみたいのですね、あなたは山を動かせますか、動かせませんか？」

「神のお言いつけがあれば、動かすでしょう」チホンは控え目な小声でこう言うと、また目を伏せはじめた。

「でも、それじゃ、神が自分で動かすのと同じじゃないですか。そうじゃなくって、あなたが、あなたがですよ、神に対するあなたの信仰のつぐないとして」

（『悪霊』下巻六五四―六五五ページ）

スタヴローギンがいい突っ込みをしていますね。「神が言ったら動かせると言うんだったら、あんたが動かしているんじゃねえよな」と言い返している。「おれは、あんたの信仰が動かせるかどうかを訊《き》いているんだよ」と。それに対するチホンの答えもうまいんです。

「動かせぬかもしれません」

「かもしれない？　いや、それは悪くない。へ、へ！　もっとも、まだ疑っておられるようですね？」

「私の信仰の不十分さゆえに疑っておるのです」

（『悪霊』下巻六五五ページ）

巧みな返答ですね。私の信仰がまだ不十分だから山を動かす力がないんだ、信仰が十分なら動かせるんだ、と。しかも、いつになれば十分になるのかはわからないわけですね。

こういう言葉づかい、永田町用語にもありますよ。政治家がよく「某《なにがし》は挨拶《あいさつ》が足りない」とか言うよね。とはいえ、挨拶に三回ぐらい行ったとしても、それで「挨拶が足りた」かどうかは別問題でしょ？「まだ足りない」と言われるかもしれない。こっちの努力とか誠意とかの問題ではなくて、すべてはその政治家の胸先三寸で決まることだからね。信仰が足りないというのも、挨拶問題と同じですよ。どこまで行けば足りるのか、この場合、神しか判断できないわけだから。

神の愛のリアリティ

「ええ？　あなたでも信仰が不十分なんですか？」

「さよう……信じてはおるが、不十分なのでしょう」チホンは答えた。

「あなたを見ていると、まさかと思いますがね！」彼はふいにある種の驚きを目に浮べて、相手を見やった。その驚きはなんの飾りもない素直なもので、それまでの質問の嘲笑的な調子とはまったくそぐわなかった。

（『悪霊』下巻六五五ページ）

スタヴローギンは、意外とまっすぐなんだ。チホン僧正より、むしろスタヴローギンのほうが、「信仰心の中に潜在しているエネルギーをきちんと集中させれば、山を動かすことができる」――そう思っているわけだね。彼は、そんな超人的なことを神なくして実現したい、と考えているんだろうね。

「しかし、それにしても信じておられる、たとえ神の力を借りるとしても動かせると。これだけでもたいしたことですよ。すくなくとも、信じたいとは思っておられるわけだ。それに山ということを、文字どおりに理解しておられる。これもやはりたいしたことだ。立派な主義ですよ。ぼくの観測だと、わが国の進歩的なユダヤ司祭たちは、ひどくルーテル派に傾いて、奇《き》蹟《せき》を自然科学的原因で説明しようとしているようですね。そのほうがたった一人の大僧正の、剣の下の真理よりは、まだましかな。あなたは、むろん、キリスト教徒でしょう？」スタヴローギンは早口にしゃべり、まじめな言葉と嘲笑的な言葉がちゃんぽんにとびだした。あるいは、なんのためにこんな話をつづけているのか、質問をし、やきもきし、穿鑿《せんさく》しているのか、自分でもわからなかったのかもしれない。

「主よ、おん身の十字架にわれの恥じざらんことを」チホンは、何か熱烈な調子をこめて、ほとんどささやくような声でこう言うと、いっそう深く頭を垂れた。

（『悪霊』下巻六五五―六五六ページ）

ここは自由主義的プロテスタンティズムへの批判になっています。神を心の中に置くと、心は座標軸上で図示できないけれど、神の存在以外の現象は自然科学で説明できる。啓蒙主義の洗礼を受けたルター派とかカルヴァン派の人たちは、そんなふうに神と科学に棲《す》み分けをさせて、世界を説明してきました。山を動かす奇蹟だって科学的に説明してしまうだろう。ユダヤ教もだいぶその影響を受けているよね、とスタヴローギンは言っています。

そんな批判を口にするくらいですから、スタヴローギンにしても、チホンにしても、神によって、あるいは神によらずとも何らかの信仰によって、山が動かせると信じているわけです。

「でも、神を信じないで、悪霊だけを信じることができますかね？」スタヴローギンが笑った。

「おお、できますとも、どこでもそんなものです」チホンは目をあげて、にこりとした。

「あなたはそういう信仰でも、完全な無信仰よりはまだしもと認めてくださるでしょうね……」スタヴローギンはからからと笑った。

「それどころか、完全な無神論でさえ、世俗的な無関心よりはましです」一見、屈託もなげなさっぱりした調子でチホンは答えたが、それでも用心深く、不安そうな様子で客のほうをうかがっていた。

「ほほう、そうですか、いや、あなたにはまったく驚かされますね」

「完全な無神論者は、なんと申しても、やはりなお、完全な信仰に至る最後の階段に立っておりますからな（その最後の一段を踏みこえるか否《いな》かは別として）。ところが無関心な人は、愚かな恐怖心以外には何ももっておらない、いや、それとても、感じやすい人が、時たま感じる程度で」

（『悪霊』下巻六五六―六五七ページ）

ここでチホンは、ロシアのニヒリストつまり〈無神論者〉と〈無関心者〉を分けています。無関心者というのは、『白痴』の章で説明したヨーロッパの無神論者みたいなものです。

キリスト教が世俗化していく中で、たとえ教会に来ることがあったとしても、日常的なお金とか出世とかの現世的利益だけを目的に生きているのは単なる無関心者だよね。それに対して、ロシアにおける無神論者というのは、神なくして理想的な社会をつくるという情熱を持っている。いわば革命思想に近いのです。ある意味において、信仰を持っている人と基本的には大きな違いがない。

結局、両者がこだわり続けるのは神の愛のリアリティなんです。神が存在する形で、愛のリアリティを実現するのか。いや、神を信じることが愛のリアリティを妨害するのだから、神を殺すことによって愛を実現するんだ――これがロシアのニヒリストたちの考え方です。チホンから見れば、教会に通う無関心者よりも、愛のリアリティを信じている無神論者の方が神の意思に適《かな》っている。つまりスタヴローギンとチホンは紙の裏表になっているんだ、とドストエフスキーは描き出している。

もっと踏み込んで言えば、「こんなひどいこと——書くと雑誌編集部が発禁を恐れるようなこと——までしたスタヴローギンだって、神によって救済される」とドストエフスキーは考えていたと思います。神学者カール・バルトが「イスカリオテのユダも救済を必要とする以上、救われるのだ」と言っていますが、バルトはドストエフスキーから発想を得て、彼のユダ論を書いたんじゃないかな。

いまや「悪霊＝国家」か

ちょっと補助線的に、さっき名前を挙げた高橋和巳の『日本の悪霊』のどこがおもしろいかを紹介しておきましょう。

大学から軍に志願し、特攻隊の生き残りになったヒラ刑事の落合と、一九五〇年代前半に日本共産党が武装闘争を展開した時期に山林地主を殺害し、逃亡生活を続けていたものの、あえて微罪を犯して逮捕される状況をつくり出した村瀬の物語が、交互に展開されていきます。高橋和巳が伝えようとしているメッセージは次の箇所によく現れていると思います。

人は欲しもせぬ時に罰せられ、そして犯罪者の最後の権利として懲罰を望むとき、罰からも疎外される。それがまた最大の懲罰であり侮辱であることを法は知っているのだ。いや法的には、時効を待たずして、村瀬の過去の諸行為はもはや存在しないのだ。なぜなら、国家の権力を代行するいずれかの機関が、その存在を欲しないからだ。別の権力が登場し、その再生を欲すれば、たとえ関係者すべてが死滅していても、それは墓場から法廷にひきずり出されるだろう。だが現在の権力がそれを欲しない以上、その犯罪は地上から抹殺されたままに終る。その〈無〉をあえて〈有〉と主張するものは、犯罪者ですらない。精神病者にすぎなくなるのだ。

（中略）

昔、中国の先秦時代、ある国の王が遊説家にこう尋ねた。自分はこの王国の絶対者たるべく、人民を恐怖させ畏敬させようとして、厳罰を用いて、少しでも法を犯すものがあれば情容赦なく極刑に処しているのだが、なお人民の服従は充分ではない。どうすればよいかと。遊説家はこう答えた。王は法によって裁いておられる。それではどんな厳法であっても、どんなに細則をもうけても駄目です。なぜなら法が存在すれば、何を犯せばどう罰せられるかが解るのであるから、それさえ犯さねばなにも心配することはなく、なにも積極的に王に媚を売り忠誠を誓う必要はない。

> それではだめです。こうするのです。手あたり次第に人民をとらえ、良い者も悪い者も、めったやたらに投獄し、しかも罰に軽重の法則なく、なぜ罰せられるのかも分らぬように殺し、なぜ許されるのかも分らず釈放するのです。きっと人民は王を恐怖し、王の一挙手一投足に、おびえ、王は絶対の存在となるでしょうと。
>
> （高橋和巳『日本の悪霊』［二〇一七年、河出文庫］五〇九—五一一ページ）

高橋和巳はこの中国の古典のエピソードを合わせ鏡にするような形で、ドストエフスキーの考えた〈悪霊〉観をみごとに翻案することに成功したと思います。

『悪霊』のエピグラフにある、ブタの中に入って、やがて底なしの淵に封じ込められた悪霊の正体は国家なのかもしれません。近代化・資本主義化を強めて、矛盾を孕《はら》みながら強大化していくロシア帝国を指しているのかもしれない。ソ連時代のスターリンによる全体主義国家を予言したのかもしれない。現代になればなるほど、悪霊＝国家と読めるようになっているかもしれない。高橋が記している古代中国の王のような政治的リーダーは、今もいろんな国に現役で存在しているわけですからね。

さて、村瀬は山林地主殺しを自首して出るのだけれども、裁判で無罪になるんです。党としても問題を掘り返したくないし、捜査当局も当時の捜査が不十分だったことを明らかにしたくないから、もう、誰もこの犯罪については関心がないのです。それでも村瀬が固執するなら、今度はヘンな妄想がある男として精神病院に収容されるだけだ、と刑事が言うんですね。

執念深く追いかけた刑事と、逃げまくってから自首してきた元革命家との対決は、こういう形でしか決着しないのだ、という作家の知的腕力を感じさせて非常に刺激的な結末です。『悪霊』を読み込んで、日本が抱えている問題にあざやかに翻案できるレベルの小説家がいたことは覚えておいてください。日本に引きつけた小説を読むことで、ドストエフスキーの抱えていた問題もよく見えてくるように思います。

ドストエフスキーのような比較的新しい古典を含めて、古典を現代のわれわれが読む時には、自覚しているかどうかは別として、じつは補助線を引いて読んでいるんです。いまドストエフスキーを読む時に、一般読者が引く補助線は高橋和巳や小林秀雄《ひでお》ではないでしょう。亀山郁夫さんの提唱した〈父親殺し〉という補助線で読んでいる人が多いんじゃないかな。

ただ、父親殺しというフロイト的な心理主義に還元した読み方だけだと、ドストエフスキーの世界を狭めてしまいます。でも、補助線がないと古典はなかなかピンと来ないし、無自覚に補助線を使っていることもあるし、そのへんが厄介なところです。

結局、こんな補助線もあるんだ、といろいろな読み筋を知っておいたほうがいいんですね。

第四章　『未成年』を読む

社会の変革が急速に進み、従来の制度の枠組みがほころびを見せ始めたロシア。諸国漫遊のなかでパリ・コンミューンを目撃し、西欧世界の終焉《しゅうえん》を予感したドストエフスキー。そんな世の中で、力をもつために必要とされたのがカネだった。知識人の貴族ヴェルシーロフの私生児として生まれた主人公アルカージイは、「ロスチャイルドのような富豪になる」と決心するが――。

〔工藤精一郎訳〕

ここまで『罪と罰』『白痴』『悪霊《あくりょう》』と執筆順に読んできましたが、私は次の『未成年』こそ、ドストエフスキーの集大成だと思っています。なぜなら、『未成年』にはドストエフスキーがこれまで書いてきたテーマ、そして書きたかったテーマが全部入っている。しかし、入れ過ぎたんだね。そのため、ものすごく読みにくいところがあります。おそらく『未成年』は五大長編の中で最も読まれていないし、研究者によっては『未成年』を外して、「ドストエフスキーの四大長編」という呼び方をする人もいる。日本でもドストエフスキーの作品中、最も読まれていない長編小説でしょう。

なぜ、ドストエフスキーは彼の問題意識を『未成年』に凝縮させたのか？

本当はこの二倍、三倍くらいの長さで書きたかったんだと思いますよ。でも、そうすると執筆にとても時間がかかる。私も六〇歳を越えたので分かりますが、人生の持ち時間が見えてくると、とりあえずやりたいテーマをまとめて書いてしまいたい気持ちになるんです。ドストエフスキーもそうだったと思う。彼はまだ五〇代前半だったけれど、持病もあるし、「あまり長生きできそうにないな」とは思っていたでしょう（実際、次の『カラマーゾフの兄弟』の続編を予告しながら、執筆に入ることなく五九歳で没しました）。だから一気に、自分の全テーマをぶち込むように書いた。それが『未成年』です。

ところが書き終えたあと、「あっ、まだ時間の余裕があった」と、『未成年』に盛り込んだたくさんのテーマの中から、いくつかのテーマを取り出して、別の作品を書いた。それが『カラマーゾフの兄弟』です。『カラマーゾフの兄弟』の主人公はカラマーゾフ家の三男アリョーシャですが、彼はある意味で『未成年』の主人公のアルカージイ・ドルゴルーキーの発展形でもあるわけです。

ではさっそく、『未成年』がどんな作品なのか見ていきましょう。まずは『デジタル版 集英社世界文学大事典』の項目です。江川卓さんが執筆しています。

1875年発表。ヴェルシーロフの私生児であるアルカージー・ドルゴルーキーが主人公で、その手記として話は進められる。

主人公の名は「ドルゴルーキー」です。ロシア語では、ドルゴは「長い」、ルーキーはルカー、「手」のことで、「長い手」という意味になります。ロシア人にとって、ドルゴルーキーは特別な名前で、一二世紀にモスクワを建設した貴族ユーリー・ドルゴルーキー（手長公）の名として知られています。ドストエフスキーは、この物語の主人公である、いかにも現代的な私生児に、中世の高貴な英雄と同じ名前をつけたわけです。

ロシアのロスチャイルドになり金融王になって〈孤独な力の意識〉を所有するのが彼の理想である。しかし、そんな理想を抱きながら、彼は怪しげな革命党員と付き合い、〈未成年〉に特有のさまざまな動揺を体験しなければならない。そんな彼の前に母ソフィヤの戸籍上の夫である巡礼のマカール老人と父ヴェルシーロフが謎《なぞ》めいた存在として浮かび上がる。とりわけ美女アフマコーワに対する地上的な情熱とソフィヤに対する一種天上的な愛とに引き裂かれ、そのように引き裂かれる自分を目して世界苦に苦しまなければならない貴族的知識人の宿命と見るヴェルシーロフの人物像は興味をそそる。その人物像に激しい愛憎の情とともに迫ろうとするアルカージーの体験が小説の根本主題となっている。

これだけだと、どんな物語なのか、いまいちよくわかりませんね。主人公の実の父であるヴェルシーロフについて読み解きをしていくと、それだけで長い枚数が必要なので、今回は主人公のアルカージイに集中します。

「資本家」とは何か？

まず、主人公アルカージイは自分の理想について、こう語っています。

わたしの理想、それは——ロスチャイルドになることである。わたしは読者諸君におちついて、まじめに聞いてもらいたいのである。

くりかえして言うが、わたしの理想、それは——ロスチャイルドになることである。ロスチャイルドのような富豪になることである。ただの金持になるのではなく、ロスチャイルドのようになることなのである。なんのために、なぜ、そしてどのような目的を追求しているのか——これについては後で述べよう。はじめにこれだけを言っておきたい、それはわたしの目的の達成は数学的に保証されているということである。

（『未成年』上巻一六四ページ）

この部分からわかるのは、ドストエフスキーはロスチャイルドについて勘違いしている、ということです。富豪であるロスチャイルドは「資本家」ですよね。一方、ドストエフスキーは、ロスチャイルドを「守銭奴」だと思っている。資本家と守銭奴は違います。守銭奴とは何か？　ちょうどドストエフスキーがこう書いています。

事はひじょうに簡単である。すべての秘密は二言に尽きる。つまり忍耐と持続である。

（『未成年』上巻一六四ページ）

要するに、我慢して、節約して、金を貯《た》め込む。金を使いたいという欲望を抑えて、金を貯め込む、というのは守銭奴にすぎません。具体的に書かれた部分を見てみましょう。

> 数年前にわたしは新聞で、ヴォルガ航行中のある船の中で、ぼろを下げて喜捨を請《こ》うて歩いていた、その界隈《かいわい》では誰知らぬ者がない一人の乞食《こじき》が死んだという記事を読んだことがある。死体をしらべてみると、そのきたない肌着にほぼ三千ルーブリ近い紙幣が縫いこめられていたというのである。数日前にわたしはまた、名門の出で、居酒屋をまわって袖乞《そでご》いをしていた一人の乞食の記事を読んだ。これも捕えてしらべると、五千ルーブリほどの大金をもっていたそうである。ここからずばりと二つの結論が出る。一つは、貯蓄における忍耐は、たといわずかばかりのはした金でも、ついには大きな結果を生みだすということである（時間はここではなんの意味ももたない）、もう一つは——どんなに策のない貯蓄法でも、それが持続さえすれば、数学的に成功が保証されるということである。
>
> （『未成年』上巻一六六—一六七ページ）

ここで、マルクスの『資本論』の基本知識を援用してみましょう。

マルクスは、カネ〈G〉（Geld）で商品〈W〉（Ware）を仕入れて販売し、最初よりたくさんのカネ〈G´〉（G＋g。gは剰余価値、いわば儲《もう》けの部分を指す）を得ることを「資本の一般的定式」としました。図にすると、こうなります。

G—W—G´（G＋g）

例えば一〇〇万円で中古車を仕入れ、それを一一〇万円で売ったとしましょう。次に、その一一〇万円を元手に限定ウイスキーを買って転売したら一五〇万円になった。今度はこの一五〇万円で家具を仕入れ、さらに高く売る、そんな無限運動が続いていく——これを〈商人資本〉と呼びます。商人資本では、相手の無知につけ込んで高く売ったり、その地域では珍しい商品を別の地域から安く仕入れて高く販売したりするため、利益が出るわけで、商品自体の価値が高まっているわけではありません。

商人資本とは別に、〈金貸し資本〉という形態もあります。カネ〈G〉を貸し付けて、一定期間が過ぎたら利子とともにカネ〈G´〉を返済してもらうというものです。

G………G´（G＋g）

「……」は時間の経過を示しています。これは例えば一〇〇万円を貸して、一年後に一一〇万円にして返してもらうということですね。ここで重要なのは、時間の経過です。カネは、時間の経過とともに増えていくわけです。ドストエフスキーは、「時間はここではなんの意味ももたない」と言っているけど、これは大きなまちがい。シェイクスピアの『ヴェニスの商人』では、シャイロックが貿易商のアントーニオーにカネを貸します。そして貿易商とは、まさに地域差に通じて価値を増殖させていく商人だよね。こうした商人資本や金貸し資本は、基本的に資本主義時代以前のものです。マルクスによると、資本主義時代になると、次のようになると指摘します。

資本家が、カネ〈G〉を使って機械や原材料などの生産手段〈Pm〉(Produktions-mittel)と労働力〈A〉(Arbeitskraft)を確保し、生産〈P〉(Produktion)する。そして、できあがった商品〈W〉を売って、より大きなカネ〈G´〉を得る。

$$G \left\langle \begin{array}{l} A \\ Pm \end{array} \right. \cdots P \cdots W - G' \ (G+g)$$

商品ができるまでの生産過程のなかで、価値増殖ができる仕組みになっています。ロスチャイルドはまさにこの図式で動いている資本家ですよ。守銭奴ではないんですね。

つまり、ドストエフスキーは資本主義時代以前の枠組みで捉《とら》えている。だからロスチャイルドを守銭奴と見誤ってしまう。本質において、ドストエフスキーは資本主義をわかっていなかった。

そう考えてみると、たしかにドストエフスキーの作品中に、企業経営をしている人物は出てきません。彼の作品の登場人物がカネを得るのは、誰かの遺産をもらったときばかりです。そして、財産を残してくれる人は寄生地主です。だから、寄生地主からどうやってカネをむしり取ってくるかを考える人物もたくさん登場します。

もしドストエフスキーが、真にロスチャイルド的なもの、資本の運動というものを理解していたら、彼が作家として得た印税を株式投資していたと思うな。わかっていなかったから、カジノで一儲けしてやろうとして、有り金全部スッてしまったんだね。あやうく、すべての版権を出版社に売り渡すところでした。

しかし、そんな資本主義の仕組みを十全に理解しているとは言い難い（けれどカネにはたいへん苦労してきた）ドストエフスキーが『未成年』で扱ったテーマの一つは、急速に資本主義化が進んでいくロシア社会の中で、カネや資本とどう付き合っていくかということでした。

それまでのロシアなら、『罪と罰』のマルメラードフみたいに九等官であれば、一生安泰でした。九等官といえば現在で言えばキャリア官僚です。サンクトペテルブルグ市内の五、六部屋もある大きなマンションに住み、使用人や料理人もいる。そして、郊外には別荘を持つという恵まれた生活を送ることができた。マルメラードフの親の世代まではそうだった。それが農奴解放を挟んで、三〇年ほど経《た》っただけで、娘が娼《しょう》婦《ふ》にならないといけないくらい生活が苦しくなった。社会の大きな転換期には、こういうことが起こります。日本でも江戸時代末期になると、旗本の娘が女郎屋に売られるようになってしまったのと同じです。

反対に、のし上がってきたのは、カネのある人間です。『罪と罰』の殺される高利貸しのアリョーナは、夫は一四等官だったのに、金貸しをすることで大金を貯め込みましたよね。カネがあれば、九等官より一四等官のほうが上だという逆転が起こったわけです。だから『未成年』のアルカージイも、私生児とはいえ貴族の息子なのに、「カネさえあれば」と思うようになる。

現代日本の〈未成年〉

これは決して過去の話ではありません。新自由主義的な流れの中、二一世紀の日本でも、よく似たことが再現されていますね。

たとえば堀江貴文さんの『ゼロ』（ダイヤモンド社）を読んでみると面白いですよ。この本は、証券取引法違反で収監されていた堀江さんが刑務所から出てきた二〇一三年に出版したものだけど、まっさらなところから再スタートしようとした彼は、堀江信者に対して強烈な批判をし、警鐘を鳴らしています。

いま自分は、文字通りゼロになった、と堀江さんは言うんですね。あなたがたは、世の中を一気に駆け上がっていくためには、かつての自分のように、掛け算によるショートカット（近道）が必要だと思っているかもしれないが、あんたらもゼロなんだろ？　ゼロにはどんな数字を掛けてもゼロにしかならない。だから、小さなことでもいいから、足し算を繰り返していけ。これが自分の考え方で、生き方だ、と。彼はまじめな努力家で、基本は足し算の人なんですね。

　堀江さんは福岡の進学校である久留米《くるめ》大学附設中学校に入学しましたが、コンピューターに熱中しすぎて成績は全然ダメだったそうです。なんとか東京の大学に進学したかったが、親が名前を知っていて学費を出してくれる大学は東京大学しかなかった。ほんとうは理科系の学部へ行きたかったけど、このままでは受験までに数学の点を上げるのは間に合わない。でも、入学してから頑張れば、理系の学部に転入できる。それならば入りやすい文科三類に行こうと思った。そうやって、合理的に学習をしていくんですね。彼の英語の学習法は非常に参考になると思います。東大の入学試験の英語では、難しいことを考えず、ひたすら単語数で勝負したそうです。だから、過去五年分くらいの赤本に出てきた英単語を丸暗記した。幸い、彼はひじょうに記憶力がいいので、試験に合格し、東大に入ることに成功した。

　上京して入寮した部屋は、寮の中でも有名な麻雀《マージャン》部屋だったらしいんです。理科系への転入を諦《あきら》めたのは、その麻雀部屋で、ナノテクノロジーをやっているポスドク（博士号を取得した若手研究者）の人に出会ったから。ナノテクノロジーは最先端技術なのに当時、国はほとんど関心を持っていなかった。だからその人も、全然カネがないと言っている。そういう状態で理系に進んでも、まともな研究はできないだろう。ならば、金儲けをしてやろうと思った――。そんな彼の心の内が『ゼロ』には率直に記されています。

これは「ロスチャイルドになりたい」と言ったアルカージイとよく似ていますよ。『未成年』という小説は、カネの力で世の中を動かせると考えた堀江さんの話としても読めるわけです。しかし、アルカージイも堀江さんも、世の中のカラクリがよくわかっていない〈未成年〉でした。

かつて、堀江さんは「メディアとインターネットの融合」を標榜《ひょうぼう》していた。そのときは世間に「バカ言ってる」と笑われたわけだけど、今はどのメディアも一生懸命、そこを目指しています。そして、ＩＴ企業ライブドアの社長だった堀江さんは、ニッポン放送を買収し、さらにグループ会社のフジテレビに関与することで、それを具現化しようとしました。

私が堀江さんと会ったとき、彼は「放送局を買ってはいけないなんて法律はなかったから、実際に買おうとしてみたのだけれど、こんなひどい目に遭うとは思わなかった」とボヤいていました。私は「挨拶《あいさつ》が足りなかったんですよ」と教えてあげたものです。日本はおじいちゃんたちが支配しているから、挨拶が足りないと目を付けられちゃうんですね。それでも堀江さんは「挨拶はしていたんですけど」と言うので、「だから言っているじゃない、「しなかった」んじゃない、「足りなかった」んだって」。

『悪霊』の章でも説明したように、挨拶が足りたかどうかを決めるのは自分ではありません。堀江さんにも、「おじいちゃんたちが「よし、これで十分だ」と納得するまで挨拶し続けないといけない世界なんですよ」と説明したら、彼は「もう絶対、放送なんか触らないですよ、おっかない」とボヤいていました。

そしてアルカージイも、こうした〈挨拶力〉や〈おじいちゃん力〉といった世の中のカラクリがわかっていない未成年でした。そんな青年が素手で、逸《はや》る心だけで、揺れ動く世界と対峙《たいじ》しようとするこの小説は十分、二一世紀の刺激的な青春物語としても堪能《たんのう》できます。

トルストイへの当てこすり

ドストエフスキーが『未成年』に盛り込んだテーマは、ほかにどんなものがあったのか、もう少し見ていきましょう。

ここから先の引用箇所は、下巻の最後の部分です。アルカージイが送った手記に対してのニコライ・セミョーノヴィチからの返事です。ニコライはアルカージイが中学時代に過ごしたモスクワで親代わりになってくれた人物です。

「(前略)これをスラヴ主義と非難しないでください。これは――わたしがただ、胸が苦しくて、人間ぎらい《ミザントロープ》からこんなことを言っただけなのです!」

(『未成年』下巻六〇八ページ)

「スラヴ主義者」ではない、と言っているところがポイントですね。スラヴ主義では、バルカン半島のスラヴ民族の支援が重要な課題になります。そして、正教的なロシアを理想的なものとする、一種のロマン主義的な考え方でもあります。ただし、ドストエフスキー自身は『罪と罰』の章でも軽く触れましたが、スラヴ主義者でもロマン主義者でもありません。ここでは、ロマン主義的なことではなくて、「私はカネの問題をちゃんと考えていますよ」という意味が込められています。

ちょっと脇道《わきみち》に逸《そ》れますが、最近、立憲民主党代表の枝野《えだの》幸男《ゆきお》さんが書いた『枝野ビジョン』（文春新書）という本を読んだら、「支え合いが大切だ」と書いてありました。日本は瑞穂《みずほ》の国で、水田稲作によって発達した農耕社会だという。これはスラヴ主義と同じ、一種のロマン主義ですよ。ロマン主義と世界の現実とを接合させるのは、非常に難しい。もし枝野さんの発想を現実に接合させようとしたら、五・一五事件や二・二六事件に影響を与えた農本《のうほん》主義思想家・権藤成卿《ごんどうせいきょう》が提唱した古代中国の社稷《しゃしょく》や大同《だいどう》といった発想に向かうはずですが、そうはならないようです。枝野さんは、あんまり深く考えていないんですね。

深く考えないし、司法試験の受験勉強だけに熱中したノンポリの学生だったから、革マルの影響が強いと当局が見ているＪＲ総連から平気で献金をしてもらったり、簡単に選挙協力を結んだりするんです。今度は共産党とも協力すると言っていますね。深く考えないあたりも彼の面白いところで、ここにも現代の〈未成年〉がいるわけです。〈未成年〉は時代や国を超え、年齢も関係なく、さまざまな人に当てはまる性格、感性なんですね。

先ほどの続きの部分を見てみましょう。

「（前略）でもこうしたことは——哲学です。例にとった小説家のほうへもどりましょう。わが国の小説家の立場はこのような場合まったく限定されたものになってしまうでしょう。彼は歴史小説以外の形の小説を書くことができません、なぜなら美しいタイプが現在はもはや存在しないからです。仮にその名残りがわずかにのこっていたとしても、今日の支配的な観念からすれば、とても美をもちこたえることはできないでしょう。おお、歴史小説の形でこそ、今日もなおきわめて目に快い、そして心に喜びをあたえる詳細《デテール》を限りなく描出することが可能なのです！」

（『未成年』下巻六〇九―六一〇ページ）

ドストエフスキーはここで何を言いたいんだと思う？　いまの日本人にはピンと来ないでしょうが、当時のロシア人にはすぐわかりました。この部分は明らかにトルストイの『戦争と平和』が絶賛されていることへの当てこすりなんですよ。やきもちと言ってもいい。「フン、あんなのは六、七〇年も前、大昔の話じゃないか。歴史を舞台にしないと、美しいものや人間を描けないなんて、作家として二級なんだ。本物の小説家は、現代を舞台に、いまここで起きていることをテーマに、現代人を描くおれのような人間だ」とドストエフスキーは言いたいわけです。それで、さんざん歴史小説の悪口を並べています。

トルストイの悪口を書いている部分は、ほかにもあります。

「(前略)といって、歴史小説のみを書くことを望まず、現実に対する思慕にとらわれている作家は、いったいどうしたらいいのでしょう？ 推察して、そして……誤るほかはないのです」

(『未成年』下巻六一二ページ)

自分の小説の中にはたくさん誤りがあるけど、それは現実と格闘しているからだ。一方、過去の歴史になぞらえて書いている作家が過《あやま》ちを犯さないのは、現実と格闘していないからだ。このへん、ドストエフスキーのトルストイへの嫉妬《しっと》は根深いですね。でも、ドストエフスキーがそう言いたくなる気持ちも、わからなくはないのです。自分の原稿料はトルストイの半分で、世の中の評価はトルストイのほうが圧倒的に上。ドストエフスキーの方は、ちょっとキワモノみたいな扱いでした。作品の質のことを思うと、なんだかドストエフスキーがかわいそうになってきます。

しかも、文豪トルストイは有り余るほどの領地を持っていました。お金で困ったことなど一度もありません。トルストイ自身、「こんなに儲かるのは良くない、なんとか民衆に還元しないと」なんて思っていたくらいです。

そのため、トルストイは『アンナ・カレーニナ』を完成させた後、晩年に『復活』を書き始めるまでの一〇年ほどの間、まともな文学作品を書いていないんです。農民を啓蒙《けいもう》するための教科書ばかりつくっていました。そのうちの一部が『イワンのばか』などの形で残っています。

では、どうして『復活』を書いたのか？　ロシアには、ドゥホボールというロシア正教から生まれた絶対反戦教団があります。教団名は「聖霊とともに戦う者」という意味で、彼らは兵役にも従わないし、受動的な抵抗権すらも認めていません。そんなドゥホボール教徒たちはロシア帝国内で弾圧を受け、どんどん投獄され始めたので、カナダに移住しようと計画しました。そのための移住資金が必要だと、トルストイに泣きついたのです。そこでトルストイが「では、売れる小説を書いて、その印税でみなさんがカナダに行けるようにしましょう」と、それで『復活』を書いたんですね。そして実際にドゥホボール教徒たちはカナダに行けました。

けれど、トルストイの晩年はけっして恵まれたものではありませんでした。自分はこんな貴族的な生活をしていてよいのかと苦悩し、さらに教会批判を理由に正教会から破門されてしまいます。帝政権力との緊張も高まっていき、奥さんも悪妻という評判で、「少し考えてみたい」と家出して、最後には地方の小駅で死んでしまいます。とはいえ、トルストイが死んだのはドストエフスキーの死の三〇年後のことで、ドストエフスキーはトルストイ晩年の苦難を知りません。当時のドストエフスキーからすれば、恵まれた立場にいて、カネも有り余っている若造が、なんで楽して歴史ものなんか書くんだ、という気持ちだったでしょう。

ドストエフスキーの日記（『作家の日記』全六巻、ちくま学芸文庫）には、ときどきこういう、他の作家に対する当てこすりが出てきますが、さすがに作品の中に入れると下品になるので、ドストエフスキーもトルストイの直接的な悪口は控えています。でも、先ほど見たような形で、つい『未成年』の中にこぼしてしまったわけですね。

トルストイの『戦争と平和』に描かれているのはナポレオン戦争です。ロシアが国家存亡の危機に立たされ、祖国戦争とも呼ばれた戦争を、トルストイは宮廷と戦地を舞台にした華麗な叙事詩として書き上げました。トルストイにそれができたのは、実際に宮廷や貴族のことをよく知っていたからです。超のつくエリートである彼にとっては、日常的に会っている人たちのことを書けばよかった。ドストエフスキーは違います。父親がキャリア官僚（八等官の医師）と言っても、超エリートではなかったから、宮廷や貴族を身近に知ることはできませんでした。そのへんの屈折した思いもあったかもしれません。ただ、ドストエフスキーはトルストイが書けなかった飲んだくれの官吏や、地方都市の革命家、悩める私生児である未成年者をヒリヒリするくらい鮮やかに書き残したのです。

ところで、ドストエフスキーは歴史小説を書く作家と、現実と格闘する小説を書く作家との違いについて書いていますが、これは現在の作家に対しても同じことが言えます。

現代に生きる悩みや歓《よろこ》びを過去に仮託しながら書く歴史小説には、安定感や安心感があります。ドストエフスキーは軽んじた口調ですが、非常に優れた小説ジャンルです。歴史小説は過去に起こったことを書くわけですから、史料を読み込み、それを踏まえなければなりませんが、実際には史実から少しズラして書く必要もある。史料に呑《の》み込まれてしまう人は歴史小説家にはなれませんし、史料があるから自由に書けないというつらさもあるでしょう。

私は歴史小説家である澤田《さわだ》瞳子《とうこ》さんや安《あ》部《べ》龍太郎《りゅうたろう》さんと一緒に仕事をすることがあります。お二人とも、ものすごく史料を読み込んでいます。でも、いざ小説を書く段階になると、読み込んだ史料をいったん投げ捨てているんだね。ウィトゲンシュタインが『論理哲学論考』で「梯子《はしご》で上の階に登ったら、その梯子を落とさなければいけない」と言っているように、梯子を自分で外す覚悟がいる。それが史料に呑み込まれずに歴史小説を書くための必須《ひっす》の資質なのでしょう。トルストイは、まさにこちらのタイプ。ドストエフスキーとはまた別の、偉大な才能を持つ作家でした。

パリ・コンミューンの影

『未成年』についての話に戻りましょう。ドストエフスキーは、パリ・コンミューンにも注目していました。

「(前略)アンドレイ・ペトローヴィチその人については、わたしはあまり多言を弄《ろう》しません。だが、しかし、彼は——やはり父祖たちの一人です。これは——古い名門の貴族で、同時にパリ・コンミューンの一人です。彼は真の詩人で、ロシアを愛していますが、そのかわりロシアを完全に否定もしています」

(『未成年』下巻六一一ページ)

つまり、アルカージイの父親であるアンドレイ・ペトローヴィチ(=ヴェルシーロフ)の世代のほうが、よりリベラルだったということですね。彼らはパリ・コンミューン（一八七一年）の世代で、パリ・コンミューンがプロレタリア独裁のスタートであり、ロシアへの影響力が大きいことに気がついていた。このへん、ドストエフスキーの社会的洞察力の高さを示しています。

ちなみに、日本人でパリ・コンミューンを体験しているのは中江兆民《なかえちょうみん》です。岩倉使節団の一員としてフランスを訪れた中江兆民に、パリ・コンミューンは大きな影響を与えたと思います。中江兆民は帰国後、衆議院議員になりましたが、あえて被差別部落地区から立候補しました。そして国会議員を任期途中で辞職します。辞めた理由は「アルコール中毒でまともに投票ができないから」というものでした。国家権力をどこかバカにしているところがあるし、彼の代表的な著作『三酔人経綸《けいりん》問答』にある国家観にも同じ匂《にお》いを感じます。これはパリ・コンミューンの遥《はる》かな影かもしれません。

ただ、パリ・コンミューンは遠いロシアに混乱をもたらしました。『悪霊』（パリ・コンミューンと同じ一八七一年に連載が始まっていますが）で描かれたような革命組織が活発化し、資本主義の興隆とに挟み撃ちされた按配《あんばい》でロシア社会は大揺れに揺れました。アルカージイは、父親と違ってパリ・コンミューンには乗れないのですね。父親の世代のような理想が持てず、徒手空拳《くうけん》なのに、ロスチャイルドのようにカネで解決していきたい、という立場を取るのです。しかし、それでうまく行くわけがありませんよね。

時代は〈未成年〉たちによって作られる

ドストエフスキーは『未成年』の末尾で、登場人物の口を借りて、この小説には欠陥があると言っています。

「（前略）それは感謝されないしごとで、しかも美しい形式がありません。しかもそれらのタイプは、いずれにしても――まだ流動していて、したがって芸術的に完成されたものではありえません。重大な誤謬《ごびゅう》もありえますし、誇張や見落しも考えられます。いずれにしても、推量でおぎなわなければならぬことがあまりにも多すぎます」

（『未成年』下巻六一二ページ）

うどん屋が「うちのうどん、くさくてまずいです」なんて、絶対言いません。たとえ、内心では「あまりうまく作れなかったな」と思っていてもね。それなのに「自分の作品には重大な誤謬があり、見落としもあります」なんて言うのは、この作品が彼にとってのエチュード、習作だった面があるからではないでしょうか。私が見るところ、失敗しているとすれば、先に触れたように、ドストエフスキーが資本主義を充分に理解できていない点だと思います。

しかし、習作とは言いつつ、『未成年』にはドストエフスキーの年来のテーマが総動員され、また新しいテーマも導入されています。『罪と罰』『白痴』『悪霊』と読んできたわれわれには、これまでのテーマが展開されていることがわかりますし、『カラマーゾフの兄弟』を読めば、ここで頭出しされたテーマ（例えば父と子、父の愛人、金銭、宗教者の最期《さいご》、新たなロシア社会との対峙などといった主題）がさらに展開していくことを発見することになるでしょう。

さらに、『未成年』の視座は現代の作家にも受け継がれています。物語の最後の一文を読みます。

「（前略）そこから、当時の混乱時代のある未成年の心の中にどのようなものがひそみえたかを、推察することができるでしょう――この発掘は決して価値のないことではありません、なぜなら未成年たちによって時代が建設されていくからです……」

（『未成年』下巻六一三ページ）

普通、これから時代を建設していくために「成熟しろ」「大人になれ」と言いそうなものですが、むしろ「未成年でいろ」とドストエフスキーは言っています。ドストエフスキー自身、幾つになっても、気持ちはいつまでも未成年なのです。

これ、ちょっと村上春樹さんに似ていませんか？　村上春樹さんは七〇歳を越えましたが、彼の書く物語の主人公は基本的に若者です。村上さんの長編小説の主人公で、年齢が一番高いのは『騎士団長殺し』だと思いますが、それでも三〇代半ばです。彼の主人公たちは人生での経験を充分には積んでいない〈未成年〉ばかりなのです。『ねじまき鳥クロニクル』も同様ですし、『海辺のカフカ』の主人公はまだ一五歳でしたね。村上さんの書く人物たちは、いつだって〈未成年〉であり、戦争や家庭、不登校、セックス、死などについてどう考えるか、世界をどう解釈するかなど、未成年のままの感覚で書かれている。村上文学はドストエフスキーに近いと指摘する人がいるのはそういう理由でしょう。多声的な部分がある点も共通しています。

一番の共通点は視座です。『未成年』の最後、「未成年たちによって時代が建設されていくからです」という思いが、村上さんの中にもあるのではないでしょうか。それは作家として、すぐれた資質ですよ。成人して達観してしまったら、物事のある種の事柄は見えなくなってしまいますからね。

さらに言えば、未成年は成熟していない以上、小説は終わらないのです。大団円に向かう目的論的構成にならないというか、むしろ永劫《えいごう》回帰的になっていく。村上さんの作品で言えば、『１Ｑ８４』の青豆《あおまめ》と天吾《てんご》にせよ、『ねじまき鳥クロニクル』の「僕」にせよ、未成年的で、魅力のある登場人物ですが、『１Ｑ８４』や『ねじまき鳥クロニクル』の第四巻が出るとしても、あるいは『騎士団長殺し』の第三巻が出るとしても、不思議ではないですよね。続巻があり得る構成になっているでしょう？　それは主人公たちが未成年的であり、そして小説の構成が目的論的構成になっていないからです。

思えば、村上作品の主人公たちは選択的に世界に入っていくのではなく、いつも世界に投げ込まれていきました。『未成年』のアルカージイがまさにそのタイプで、選択も何もなく、私生児として生まれた、というのが象徴的です。いまの日本の実際の未成年たちも、こんな感じじゃないかと思いますね。突然、世界に投げ込まれ、親の世代の遺産はアテにできず、とりあえずミニ・ロスチャイルドを目指していかないといけない、メリトクラシー（もっとも学歴に関しては、日本は世界で珍しいくらいエリートの学歴が低いのですが）で競争に勝って這《は》いあがっていかないとならない……。

『未成年』には、ドストエフスキーが言いたかったこと、書きたかったことが、断片的に、たくさん詰まっています。ドストエフスキーの作品に親しんできた読者はその断片を探しながら読んでみると面白いでしょうし、私のような書き手にとっては、創作をする際の情報やヒントの宝庫でもあるんです。

第五章　『カラマーゾフの兄弟』を読む

年老いてなお、野卑で精力的な父親フョードル・カラマーゾフ、その息子であるドミートリイ、イワン、アレクセイの三兄弟、父の私生児らしきスメルジャコフ、そして彼らを取り巻く女たち……。欲望と激情が渦巻く中、フョードルが殺害される。真犯人は誰か——？　ドストエフスキーの到達点にして遺作。世界文学の金字塔。

〔原卓也訳〕

いよいよドストエフスキー最後の作品『カラマーゾフの兄弟』です。

ドストエフスキーは『未成年』を書き上げて、残りの生涯でやりたいことをおおよそ決めたのでしょう。つまり、〈未成年〉の物語を書き続けたいということ。『未成年』の章の末尾でも少し触れましたが、これは成長物語、教養小説（ビルドゥングスロマン）を書く、ということではないんだね。主人公が発展し成長していくのではなく、どんなに発展していってもまだ不十分で、さらに発展していかないとならないという、一種の永続革命みたいなテーマを自分の文学の軸にしたなと私は考えます。その第一作目が『カラマーゾフの兄弟』でした。

だからと言うべきか、『カラマーゾフの兄弟』の序文を見ると、明らかに続編を想定していますね。

わが主人公、アレクセイ・フョードロウィチ・カラマーゾフの伝記を書き起すにあたって、わたしはいささかとまどいを覚えている。ほかでもない。アレクセイ・フョードロウィチをわが主人公と名づけはしたものの、人間として彼が決して偉大でないことは、わたし自身よく承知しているし、そのために、こんな種類の質問を避けられぬのが予見できるからである。『君は自作の主人公に選んだけれど、そのアレクセイ・フョードロウィチとやらは、どんな点がすぐれているんだね？　どんなことをやってのけたんだい？　だれに、どういうことで知られているのかね？　読者たるわたしが、なぜその男の生涯のさまざまな出来事の詮索《せんさく》に時間を費やさにゃならないんだい？』

（『カラマーゾフの兄弟』上巻九ページ）

いま出ている新潮文庫版で三巻本の『カラマーゾフの兄弟』を読むかぎりにおいては、アリョーシャ（アレクセイの愛称）は聖人に近いような青年だよね。「こんなにすばらしい若者はいないじゃないか」と思わせる、まさに記録に値するような人間。でも序文で明らかなのは、ドストエフスキーには、そんな観点をひっくり返す構想があったことです。

> 小説は二つあるのだ。重要な小説は二番目のほうで、これは、すでに現代になってからの、それもまさに現在のこの瞬間における、わが主人公の行動である。第一の小説はすでに十三年前の出来事で、これはほとんど小説でさえなく、わが主人公の青春前期の一時期にすぎない。だが、わたしとしては、この第一の小説を端折《はしょ》ってしまうわけにはいかない。なぜなら、第二の小説の多くのことが理解できなくなるにちがいないからだ。
>
> （『カラマーゾフの兄弟』上巻一一ページ）

もちろん、「第一の小説」というのが、今ある『カラマーゾフの兄弟』のことを指します。続編はあるけれど、この完成した部分だけでも、後々の伏線は入っている、ということですよ。

アリョーシャにやがて訪れたであろう変化のヒントは、彼が崇拝していたゾシマ長老にあると思います。物語の比較的早い段階で死んでしまうこのゾシマという老司祭は、とんでもない奴《やつ》だと私は思いますが、ゾシマを崇拝したがために、続編におけるアリョーシャの人生はとんでもない方向に進んでいっただろう、というのが私の見立てです。

ところが、ここのところは日本では理解されてきませんでした。これまで図式的に、キリスト教のマイナス面がカトリシズムで、これが「大審問官」の章に現れている。その直後に描かれているゾシマの生涯こそが正教精神を体現化しており、真実のキリスト教徒だ。そんなふうに正教とカトリックを二項対立させる読み方がまかり通ってきました。これは絶対に無理があります。この重要なポイントに絞って大長編小説を読んでいきましょう。

まず、『世界大百科事典』での中村健之介さんによる要約です。

> ドストエフスキーの最後の長編小説。１８８０年刊。地主フョードル・カラマーゾフには、ドミートリー、イワン、アレクセイ、スメルジャコフの４人の息子がいる。

スメルジャコフは、フョードルの本当の息子かどうか、よくわからないままです。ここは中村さんの解釈ですね。

ちなみに、父親がフョードル・カラマーゾフでしょ。ドストエフスキーはフョードル・ミハイロヴィチ・ドストエフスキーだから、自分の名前でもあるわけだよね。そうすると、あの得体の知れないパワフルなおっさん——やがて殺されてしまう——は、作者自身の分身でもあるわけです。

ドミートリーは美女グルーシェンカを父フョードルと争っている。イワンは父を深く嫌悪している。子でありながら下男としてしか認められていないスメルジャコフは、イワンの意識下の願望を実現すべく父を撲殺する。その下手人としてドミートリーが捕らえられる。事の真相を知ったイワンは発狂の兆しを見せ、スメルジャコフはイワンに失望して自殺する。このおぞましい家族の劇こそ、美しい理想を失った〈現代ロシア〉の実相であり、同時に、ロシアの新生を告げる陣痛でもある、と作者は考えていた。老修道僧ゾシマと三男アレクセイ、彼を慕う少年たちは、その新生ロシアを予告している。この小説は発表当時から大いに歓迎されたが、20世紀に入り西側世界でも驚嘆をもって迎えられ、ジッド、ツワイク、T・マン、カミュ、フォークナー等の作家に新たな思想小説の手本として、また現代文明への警告の書として深く広い感化を与えた。日本では大正初めから英訳・邦訳によって読まれ、特に第2次大戦後は、イワンの語る〈大審問官〉が現代の政治的・精神的黙示と解釈されたりして、雄大深遠な思想小説として高く評価されている。

キリストか偽《にせ》キリストか

では、敬虔《けいけん》な聖職者である三男アリョーシャと無神論者の次男イワンとの対話である「大審問官」の章（第二部第五編「プロとコントラ」第五節）を読んでいきましょう。「大審問官」はイワンが作った物語詩で、その内容をアリョーシャに説明する、という設定になっています。

実は、新潮文庫版のこの章の訳には大きな問題があります。何かというと、「キリスト自身もまだ地上にいるときに」とか「キリストもその無限の同情心にかられて」とか、「キリスト」という言葉がたくさん出てくる。ドストエフスキーの原文には、キリストという言葉は一回も出てきていません。すべて、「он（オン）」というロシア語で記されています。これは英語の「he」で、「彼」にすぎない。これが「Он」（英語なら「He」）と大文字で書かれていたら、キリストなり神なりを表わしていると推定できます。でも小文字ですから、一般名詞の「彼」以外に読みようがない。この前の箇所にキリストが出てきて、キリストを指している、というわけでもない。つまりテキスト内からは、キリストという訳語は与えることができないのです。

例えば、こういう箇所があります。

「（前略）『あのお方がお子さんを生き返らせてくださるよ』泣いている母親に群集の中から声がかかる。柩《ひつぎ》を迎えに出てきた大寺院の神父は、けげんな面持で見つめ、眉《まゆ》をひそめる。だが、このとき、死んだ子供の母親の泣き声がひびき渡る。母親はキリストの足もとに身を投げ、『もし、イエス様でしたら、わたくしの子供を生き返らせてくださいませ！』と、両手をさしのべながら、叫ぶ」

（『カラマーゾフの兄弟』上巻六二七ページ）

この後半部分をロシア語の原文から直訳すると、「母親は彼のもとに身を投げ、『もし、あなたでしたら、わたくしの子供を生き返らせてくださいませ！』と、両手をさしのべながら、叫ぶ」になります。キリストという言葉も、イエス様という言葉もないんです。いま私は「あなた」と訳しましたが、ロシア語では「ты（ティ）」となっています。これはドイツ語の「du（ドゥ）」と一緒で、関係が近いひとへの二人称だから、通常は「おまえ」とか「貴様」とか訳すのですが、神様は近い存在だから慣例的にこの語を使っているので、訳し方は「あなた」で構わない。

新潮文庫の訳は原卓也さんです。原さんほどの学者が誤訳をした、と言ってしまうのはかわいそうなんです。日本におけるキリスト教理解の限界だったたんですよ。
理解されなかった部分を解説しておきますね。

キリスト教にはキリスト教の公理系があります。つまり、人間は神の似姿につくられたのだけれども、自由意思を悪用したために、罪の中に沈んでしまった。その罪は自力では解消できない。そこで、神は自分の一人子であるイエス・キリストを地上に送ってきたんだ、と。そこから救済のプロセスが始まった。ただ、既に救済は始まっているのだけれど、いまだ終わっていないのです。

救済の終わりとはいつか？　イエスは十字架に架けられた後、復活して、「私はすぐに来る」と言い残し、天へと上がっていった。でも、人間の尺度からすると、すぐには来ていないわけです。終末が遅延している。イエスが再び現われる時こそが、この世の終わりで、そこで初めて罪びとである人間が救済されるのです。

そうすると、この世が終わりでもないのに現われて、キリストを自称する者がいるとしたら、それは偽キリストということになります（キリストは「救世主」の意味で、イエス・キリストとは「イエスという名の救世主」ということです）。この偽キリストというのは歴史上、繰り返し現われます。特にロシアでは多いんですよ。

そうすると、ロシア語で「大審問官」の章を読んでいると、ここで登場する青年はキリストの再臨とも読めるし、偽キリストであるとも読めるんだよね。明らかにドストエフスキーは両義的に読めるように書いているわけで、ここはやはり「彼」と訳したほうが良かったと思う。

でも、全体としては原さんの翻訳は正確だから、右のことだけを押さえておけば大丈夫です。

ロシアの民間伝承も

では、内容に入っていきますよ。イワンがアリョーシャに「大審問官」の前置きを語ります。ここは長めに引用します。

「ところでこの場合も、前置きなしというわけにはいかないんだ、つまり序文ぬきというわけにはね、ちぇっ！」イワンは笑った。「たいした作家気どりだろうが！さて、舞台は十六世紀。当時は、と言ってもお前だって学校で習って知っているはずだけれど、当時はちょうど、詩の中で天上のもろもろの力を地上に引きずりおろすことがはやっていた。ダンテのことは言うまでもなく、フランスでは裁判所の書記や、修道院の僧たちも一連の芝居をやって、マドンナや、天使、聖者、キリスト、さらには神そのものまで舞台に引っ張りだしたもんだ。当時はすべてが実に純朴だったからね。ヴィクトル・ユーゴーの『ノートル・ダム・ド・パリ』という作品に、ルイ十一世の御代《みよ》にパリで、フランス皇太子の誕生を祝って、市政庁のホールで民衆のために『いと神聖なやさしき聖母マリヤの慈悲深き裁判《ル・ボン・ジュジマン・ド・ラ・トレ・サント・エ・グラシウーズ・ヴィエルジュ・マリ》』という無料の教訓劇を催すところがあるけど、それには聖母ご自身が登場して、慈悲深い裁判《ボン・ジュジマン》を行うしさ。わが国でもピョートル大帝以前の昔、モスクワで、ほとんど同じような、特に旧約聖書から題材をとった芝居が、やはりときおり演じられていたんだ。しかし、芝居以外にも、当時は世界じゅうに、必要に応じて聖者や天使や、天上のすべての力が登場してくる物語とか《詩》とかが、おびただしく氾濫《はんらん》していたもんさ。わが国の修道院でも、こういう詩の翻訳や筆写、さらには創作さえやっていたし、しかもそれがタタール人の支配下（訳注　十三世紀半ばから十五世紀末まで）でなんだからな。たとえば、さる修道院の詩（と言っても、もちろんギリシャ語からの翻訳だけれど）に『聖母マリヤの苦悩の遍歴』というのがあるが、これなぞはダンテにも劣らぬ光景と大胆さにあふれたものだよ。聖母が地獄を訪れ、大天使ミハイルの案内で《苦悩》を見てまわる。さまざまな罪びとやその苦しみを見るのだが、その中に、火の池に落ちたきわめて注目すべき範疇《はんちゅう》の罪びとがいるのだ。彼らのうちにはその池に深く沈んで、二度ともう浮びあがれぬような連中もいて、『神もすでに彼らを忘れたもう』――実に深みのある力強い表現だろう。ところで、はげしく心を打たれた聖母は、泣きながら神の御座の前にひれ伏して、地獄に堕《お》ちたすべての者に、自分が地獄で見たすべての者に、分けへだてなく、恵みを乞《こ》う。この聖母と神との対話がたいそう興味深いんだ。聖母は懇願し、立ち去ろうとしない。そして神が、聖母の息子（訳注　キリストのこと）の釘付《くぎづ》けにされた手足をさし示して、あの子の迫害者たちをどうして赦《ゆる》せるだろうとたずねたとき、聖母はすべての聖者や、殉教者、天使、大天使たちに、自分といっしょにひれ伏して、分けへだてなくすべての者に恵みを乞うよう命ずるのだ。こうして結局、聖母の願いは神にきき入れられ、毎年、神聖金曜日から聖霊降臨祭まで、地獄の責苦は休止されることになるのだが、ここで地獄の罪びとたちは神に感謝して、『主よ、こう裁きたもうたあなたは正しい』と叫ぶんだよ。ところで俺の叙事詩も、もしそのころ世に出ていたら、同じ性質のものになっただろうね。俺の詩にはキリストが登場するんだ。もっとも、詩の中では何一つしゃべらず、ただ姿を現わして通りすぎるだけだがね。キリストが自分の王国をふたたび訪れると約束してから、すでに十五世紀過ぎた。彼の予言者が『わたしはすぐに訪れるだろう』（訳注　ヨハネ黙示録第二十二章）と書き記してから、もう十五世紀にもなるんだ。キリスト自身もまだ地上にいるときに、『その日、その時は子も知らない。ただ父だけが知っておられる』（訳注 マタイによる福音書第二十四章）と語っているけれどね。しかし、人類は以前と変らぬ信仰、前と同じ感動をいだいて、キリストを待ちつづけているんだ。いや、信仰はむしろ強まったほどだよ。なぜなら、天より人間に与えられた保証がとだえてから、すでに十五世紀過ぎたんだからね」

（『カラマーゾフの兄弟』上巻六二〇―六二三ページ）

最後に「すでに十五世紀過ぎた」とあるように、キリストが昇天してから一五世紀過ぎた時点の物語を語ろうとしているのだから、一六世紀のことですよね。そのころ、何があった？　宗教改革があって、異端審問が激しくなったんです。異端というのは異教と違って、キリスト教の中での誤った分派のこと。宗教改革でプロテスタントが出てきて、カトリックもプロテスタントも激しい異端審問を行なうようになります。これは一五世紀までではなく、一六世紀以降の現象です。

また、この箇所でドストエフスキーはロシアの民間伝承を取り入れています。「聖母マリヤの苦悩の遍歴」というのがそれで、どういう内容かを嚙《か》みくだいて言うと、マリアは自分の息子が十字架に釘付けにされて、殺されるところを見たわけですよね？　当然、十字架にかけた連中を恨むし、憎むし、こいつらに罰はあると思う。現に、彼らは地獄に落ちる。地獄に落ちて、ロシア古来の雷の神さまとかを愚かにも信じてきた連中が、どれぐらい苦しい目に遭うかをマリアは見てしまう。

そこでマリアは、自分の苦しみも含めて、全《すべ》ての者たちを助けてくれと神にお願いして、罪びとたちも救われた。マリアという母の力によって、全ての人が救われた、という民間伝承があるんです。

これはおそらく、ロシアに根づいた土着信仰がキリスト教的な物語に変形したものだと思う。それはドストエフスキーの大地主義と相通じるところがあって、ここに入れてきているのでしょうね。

では、「彼の予言者が『わたしはすぐに訪れるだろう』と書き記してから、もう十五世紀にもなるんだ」というのは何？　これがさっき言った〈終末遅延〉の問題だよね。もちろん、終末は遅延していても必ず来るというのがキリスト教の考えです。

「人はパンのみに生くるにあらず」

ドストエフスキーのプロテスタント観は次の箇所によく出ています。

「(前略) だから、心の告げたことに対する信頼しかなかったってわけだ！　なるほど、当時たくさんの奇蹟《きせき》もあったさ。奇蹟的な治療を行う聖者もいたし、戒律をきびしく守っていた人々の中には、伝記によると、聖母みずからの訪れに接した人たちもいたくらいだ。しかし悪魔も居眠りをしちゃいないから、人類の間にはすでにそうした奇蹟の真実性に対する疑惑が起りはじめていた。北国ドイツに恐るべき異端が現われた（訳注　宗教改革のこと）のは、ちょうどこのころだよ。《たいまつに似た》（つまり、教会に似た）巨大な星が《水源の上に落ち、水が苦くなった（訳注　ヨハネ黙示録第八章）》のだ。この異教は冒瀆《ぼうとく》的に奇蹟を否定しはじめた。だが、依然として信仰を持ちつづけた人々は、そのことによっていっそう熱烈に信ずるようになった。人類の涙はそれまでと同じようにキリストのもとにのぼってゆき、キリストを待ち望み、愛し、期待をかけ、以前と同じようにキリストのために苦しんで死ぬことを渇望《かつぼう》していた……こうして何世紀もの間、人類は信仰と熱情とをこめて『主なる神よ、われらの前に姿を現わしたまえ』と祈りつづけ、何世紀もの間うったえつづけてきたので、キリストもその無限の同情心にかられて、祈っている人々のところへ下りてくる気持になったんだ。それ以前にもキリストが下りてきて、戒律をきびしく守る行者や、殉教者や、まだ地上にいた隠遁《いんとん》の聖者を訪れたことがあるのは、その人たちの《伝記》にあるとおりさ。わが国では、自己の言葉の正しさを深く信じきっていた詩人のチュッチェフが、こんなふうにうたっている」

（『カラマーゾフの兄弟』上巻六二三―六二四ページ）

「北国ドイツに恐るべき異端が現われたのは、ちょうどこのころだよ。《たいまつに似た》（つまり、教会に似た）巨大な星が《水源の上に落ち、水が苦くなった》」というのは「ヨハネの黙示録」八章の引用ですが、その星の名はニガヨモギと言う、と聖書に出ています。

ニガヨモギは、ロシア語で（ロシア語版聖書ではポルイニという言葉を当てていますが）通常はチェルノーブリというんです。だからチェルノーブリ（チェルノブイリ）の原発事故があったとき、ロシア人はみんな、黙示録を思い出したわけです。星が水源地に落ち、水が汚染されて、多くの人が死ぬ。それによって、この世の終わりのプロセスが始まっていく。その星の名はチェルノーブリ。だから、チェルノーブリ原発事故をロシア人は終末論的に解釈しました。この心理や動揺は事故から数年後のソ連崩壊へ繋《つな》がっていきます。

そして、さきほどの母親が子供を生き返らせてくれと頼んだ場面のすぐあとの箇所。

「（前略）大審問官は入口で立ちどまり、一分か二分じっとキリストの顔を見つめる。やがて静かに歩みより、燈明《とうみょう》をテーブルの上に置くと、キリストに言う。『お前はキリストなのか？　キリストだろう？』だが、返事が得られぬため、急いで付け加える。『答えなくてもよい、黙っておれ。それにお前がいったい何を言えるというのだ？　お前の言うことくらい、わかりすぎるほどわかっておるわ。そのうえお前には、もう昔言ったことに何一つ付け加える権利はないのだ。なぜわれわれの邪魔をしにきた？　なにしろお前はわれわれの邪魔をしにきたんだし、自分でもそれは承知しとるはずだ。しかし、明日どうなるか、わかっているのか？　お前がいったい何者か、わしは知らんし、知りたくもない。お前がキリストなのか、それともその同類にすぎないのか、わしは知らないが、とにかく明日になったらお前を裁きにかけて、異端のもっとも悪質なものとして火あぶりにしてやる。そうなれば今日お前の足に接吻《せっぷん》した同じあの民衆が、明日はわしの合図一つでお前を焼く焚火《たきび》に炭を放りこみに走るのだ、お前にはそれがわかっているのか？　そう、おそらくお前はそれを承知しとるんだろうな』」

（『カラマーゾフの兄弟』上巻六二九―六三〇ページ）

ここもロシア語から訳すと、「大審問官は入口で立ちどまり、一分か二分じっと彼の顔を見つめる。やがて静かに歩みより、燈明をテーブルの上に置くと、彼に言う。『おまえか？　おまえなのか？』」となります。呼びかけは「エタティ（Это ты）？エタティ？」と、ロシア語ではそうなっている。キリストという言葉をドストエフスキーは決して出さない。

で、これがキリストではなくて偽キリストかもしれないことを、アリョーシャが示《し》唆《さ》してもいます。

「あまりよくわからないけど、それはいったい何のことです、兄さん？」それまでずっと黙ってきいていたアリョーシャが微笑して言った。「ただの雄大な幻想ですか、それとも老人の何かの誤解か、およそありえないような qui pro quo（人違い）ですか？」

（『カラマーゾフの兄弟』上巻六三〇ページ）

それに対するイワンの答えは、「なんなら後者と受けとってもいいんだぜ」。要するに「人違いでもいいんだぜ」と。

「もしお前が現代のリアリズムにすっかり甘やかされた結果、何一つ幻想的なものは受けつけず、あくまでも qui pro quo であってほしいというんなら、それでもかまわんさ。たしかにそのとおりだよ」彼はまた大笑いした。「なにしろ老人は九十なんだから、とうの昔に自己の思想で気がふれかねなかったんだしな。それに囚人がその外貌《がいぼう》で彼をびっくりさせたかもしらんしさ。結局のところ、こんなのは、死を目前に控え、しかも百人もの異端を焼き殺した昨日の火刑でまだ興奮のさめやらぬ、九十歳の老人のうわごとか幻覚にすぎないかもしれないんだよ。しかし、俺たちにとっては、qui pro quo だろうと、雄大な幻想だろうと、どうせ同じことじゃないかね？　要するに問題は、老人が自分の考えを存分に述べる必要があるという点なんだし、そしてついに九十年の分をひと思いに述べ、九十年も黙っていたことを声にだして話しているという点だけにあるんだからな」

（『カラマーゾフの兄弟』上巻六三〇―六三一ページ）

だからここで実際に現われたのが、イエス・キリストであるのか、偽キリストであるのかは、少なくともイワンにとっては本質的な問題ではないんだ。重要なのは、大審問官が救済をどう受け止めているかなんです。

そこから、「マタイによる福音書」と「ルカによる福音書」の両方に出てくる〈三つの誘惑〉の話になります。イエスが荒野に行って、四〇日間断食をした。そこで悪魔の誘惑を三度受けたけれど、それをすべて退けたというエピソード。

その中でも有名なのが、悪魔が「神に頼んで、ここにある石をパンに変えてみろ」と言う場面です。イエスは「人はパンのみに生くるにあらず」と答えました。

「(前略)また一方、この問いにはこの世界の偉大な秘密が含まれてもいたのだ。《パン》を認めていれば、お前は、個人たると全人類たるとを問わずすべての人間に共通する永遠の悩みに答えることになったはずだった。その悩みとは、《だれの前にひれ伏すべきか?》ということにほかならない。自由の身でありつづけることになった人間にとって、ひれ伏すべき対象を一刻も早く探しだすことくらい、絶え間ない厄介な苦労はないからな」

(『カラマーゾフの兄弟』上巻六三九ページ)

この「人はパンのみに生くるにあらず」という言葉は、しばしば文脈を抜きにして解釈されます。文脈抜きだと、「人間はパンだけではなくて、精神的なものが必要なんだ」みたいになりますが、文脈からはそうは読めない。この言葉は、モーセに率いられたユダヤ人たちが、砂漠をうろうろとしている時に、食べ物がなくなった事態を踏まえています。その時、天からパンが降ってきたというんです。現在の実証研究では、どうも砂漠の植物についている寄生虫じゃないかという説が強いのですが、とにかく食うものにありついた。すなわち、神さまを信じていれば、食べるものは来るんだ、という意味合いになります。

ドストエフスキーのパンの解釈は、聖書に非常に忠実です。要するに「パンがなくても生きられる、神さまを信じてさえいれば」と。そこをパラフレーズすれば、《だれの前にひれ伏すべきか？》となるわけです。パンがなくても、共産党中央委員会を信じていれば、皇帝を信じていれば、偉大なる首領さまを信じていれば、信じる対象から食べ物が来るわけです。生き残ることは究極的には誰にひれ伏すべきかという問題だ、とドストエフスキーは解釈している。これは聖書的に真っ当な解釈だと私は考えます。

不合理ゆえに信じる

それからさらに論点として面白いところへ入っていきます。

「（前略）なぜなら、人間は神よりはむしろ奇蹟を求めているからなのだ。そして人間は奇蹟なしにいつづけることなどできないため、今度はもう新しい、自分自身の奇蹟を作りだして、祈禱師《きとうし》の奇蹟や、まじない女の妖術《ようじゅつ》にひれ伏すようになる。たとえ自分がたいそうな反逆者で、異端者で、無神論者であったとしてもだ。人々がお前をからかい、愚弄《ぐろう》して、《十字架から下りてみろ、そしたらお前が神の子だと信じてやる》と叫んだとき、お前は十字架から下りなかった。お前が下りなかったのは、またしても奇蹟によって人間を奴隷《どれい》にしたくなかったからだし、奇蹟による信仰ではなく、自由な信仰を望んだからだ」

（『カラマーゾフの兄弟』上巻六四四ページ）

ここはキリスト教の本質をうまく突いています。

キリスト教のポイントは〈見棄《みす》てることによって救う〉というところにあります。

『白痴』の章でも説明しましたね。

神さまが自分の子どもであるイエス・キリストを見棄てる。そしてイエス自身も、見棄てられたと思う。だから「エロイ、エロイ、ラマ・サバクタニ（わが主よ、わが主よ、なぜ私を見棄てられたもうたか）」と言い、「すべてが終わった」と呟《つぶや》いて、十字架の上で死んだ。そこからキリストはよみがえり、救済が始まります。神はキリストを見棄てたがゆえに、残りの人びとすべてを救済したというのが、キリスト教の考え方なんです。〈見棄てることによって救う〉というテーマは、カトリックの遠藤周作さんも『沈黙』で展開していますね。神は沈黙している、ならば踏絵を踏むしかないのか、踏むことが神の存在を証明することになるのか——そんな愛のリアリティに迫っていきます。

『沈黙』の中で、イエスの姿が描かれた踏絵を踏んだ足が痛い、とか、お前の足の痛みは私（イエス）のものだ、といったくだりがありましたが、痛みは神学的にも議論になるところなんです。神は全能であり全知であって、だから痛みのようなものは感じない。そうすると、神の子キリストが十字架にかかったとき、痛みを感じたのかどうかというのは、神学では大きなテーマでした。これを解決したのは日本の神学者です。

北森嘉蔵《かぞう》さんという東京神学大学の先生が、『神の痛みの神学』という本で説明しました。神は本来、不受苦性があるが、まことの人でもあるイエスは人間としての痛みを感じる。十字架に釘付けにされて、槍《やり》で刺されるわけだからイエスは痛みを感じる。そして神は痛みを感じないが、自分の息子が殺される姿を見て、心に痛みを感じるんだと。そんな形で神の不受苦性と、神の痛みとを整合的に解釈して、これは通説になっています。日本の神学者が行なった、世界的に受け入れられている数少ない仕事の一つなんですよ。

痛みも感じながら、イエスは十字架の上で死んでいきます。ドストエフスキーは「奇蹟によって人間を奴隷にしたくなかった」と書いていますね。ここは宗教の本質について、いいところを見ています。

私は創価学会のことについて書いているせいで、よく聞かれるのは、「池田大作《だいさく》と会ったこと、ありますか」と。「ないです」「会いたいと思いますか」「全然思いません」。なぜか？ 宗教の本質から言って、「会ったから信じる、信じない」というのは宗教じゃないんだよね。だから、生身の池田大作氏に会ったから創価学会員の信仰について何かがわかる、ということは本質的にはない。

これは『罪と罰』や『悪霊』の章でもくり返し言ってきたことと同じですね。会わずして、その人の言っていることを信用する——だから宗教なんですよ。しかも、その教えの体系が合理的だから信用するというのも、宗教じゃないんだ。不合理だから信用するんです。信仰の対象は、合理的なものではありません。合理的なものは実証的なものであり、つまり一足す一が二であるように、これは信じるとか、信じないという対象ではなく、受け入れないといけないことにすぎません。科学も数学も受け入れるもので、信仰の対象ではないのです。

大審問官の自己犠牲

そこから大審問官の意見は、「とにかく、人間の良心を支配し、パンを手中に握る者でなくして、いったいだれが人間を支配できよう」と進んでいきます。さっきのパンをめぐって「誰にひれ伏すか？」という問題を裏返しているわけですね。食わせていけば、人間たちを支配できるんだと。どうやらドストエフスキーはこれが社会主義／共産主義の原型と考えている。

ちなみに金日成《キムイルソン》が「二〇世紀中に朝鮮に共産主義を実現する」と言って、その共産主義には三つの条件があるとしています。すなわち、誰もがコメの飯をお腹《なか》いっぱい食べることができ、肉の汁を飲むことができ、瓦葺《かわらぶ》きの家に住むことができること。

これが共産主義の目的であり条件なのだと。そうすると、日本はだいたい共産主義を達成していることになるわけだけどね。

大審問官の発言のポイントは「パンを手中に握る者」です。そういった者こそ、権力を維持できるし、良心も支配してしまえる。で、人間というのは、パンがたくさんある状況で、自由にさせてしまうと格差を生んでしまうんだと。それは絶対に是正されない。格差を是正し、すべての人がパンを食べることができるようにするためには、強力な権力によって、人間の自由を放棄させるしかない。その方がみんなも幸せだと感じるだろう。そんなふうに大審問官は言うのだけれども、これはきっとドストエフスキーの考えでもあるのでしょう。

しかも、その考えは現代でも当っているんだ。例えば菅義偉《すがよしひで》総理もプーチン大統領も習近平《しゅうきんぺい》国家主席も、「国民の自由に任せたらロクなことにならない。おれがパンを手中に握っておけば、うまく行くんだ」と思っているし、それで実際、大過なく進んでいるようです。

「（前略）だが、羊はふたたび集まり、ふたたび服従する。今度はもう永久になのだ。そのときこそわれわれは彼らに静かなつつましい幸福を、意気地《いくじ》なしの生き物として創《つく》られている彼らにふさわしい幸福を授けてやろう。（中略）彼らは弱く、無力だから、罪を犯すことを許してやったというので、われわれを子供のように慕うことだろう。われわれは、どんな罪でもわれわれの許しを得てなされたのであれば償われる、と言ってやるつもりだ。彼らを愛していればこそ、罪を犯すのを許してやるのだし、その罪に対する罰は、当然われわれがひっかぶるのだ」

（『カラマーゾフの兄弟』上巻六五二―六五三ページ）

これはまさしくキリストのアナロジーになっています。キリストが神から見棄てられて十字架に架けられた理由は、他のすべての人間の罪を背負わないといけないからですよね。大審問官だって、単に権力を保持しようとする権力亡者《もうじゃ》ではないんだ。他の弱い人たちを食べていけるようにするため、他の人間たちの罪というものを背負うんだと。だからおそらく大審問官自身には、彼らの罪を背負うから、死後には永遠の滅びが待っているのでしょう。それでも、敢《あ》えてそういう役割を引き受けているわけです。

実は、こういうテーマはドストエフスキー以外のロシア人作家もけっこう扱っています。社会革命党（エスエル）の中のテロ団を率いたボリス・サヴィンコフという男がいて、彼はロープシンというペンネームを持つ作家でもありました。特に有名なのは『蒼《あお》ざめた馬』という小説で、五木《いつき》寛之《ひろゆき》さんの直木賞受賞作『蒼ざめた馬を見よ』はこの作品を踏まえています。

『蒼ざめた馬』の主人公のジョージはテロ組織に所属しているニヒリストです。おれは何も信じていない。神も革命も何も信じていない。ただ、虱《しらみ》を潰《つぶ》すように、あの権力者どもを殺してやりたい——そう思っているから殺すだけだと。ジョージの対極にいるワーニャという男も登場して、彼は熱心なキリスト教徒なんです。この不正な社会は改めなければいけない。しかし暴力を使うこと、殺人を行うことは罪だ。しかしその罪を私は引き受けよう、永遠に私自身が滅びてしまっても構わない。そう考えてテロ活動に従事している。

　ドストエフスキーの大審問官は、『蒼ざめた馬』のワーニャと一緒ですよね。ロシアにおいては、こういう考え方はそれほど異質な感じではありません。

そして青年は老人にキスをする

　もっとも、敬虔な聖職者であるアリョーシャは反発します。

「(前略)人々の罪をわが身にかぶるとは、どういうことです？　人々の幸福のために何かの呪《のろ》いを背負いこんだ、秘密の担《にな》い手とは、どういう人なんです？　いつの世にそんな人たちがいました？　僕たちはイエズス会の人々を知っていますし、世間ではずいぶん悪く言われてますけど、はたして兄さんの詩に出てくるような人たちでしょうか？　全然違いますよ、まるきり違います……(中略)兄さんの苦悩する大審問官なんて、幻想でしかありませんよ……」

(『カラマーゾフの兄弟』上巻六五六―六五七ページ)

それに対して、イワンは笑って、「えらくまた、むきになったもんだな。幻想だと言うのなら、それでもいいさ！　もちろん、幻想だよ。しかし、それならきくけれど、ここ何世紀かのカトリックの運動がすべて、本当に、薄汚れた幸福のためだけの権力欲にすぎないなんて、本気でお前は思っているのかい？」と応じる。

カトリックのイエズス会なんかが何世紀にもわたってやってきたことは薄汚れたことに違いないけれども、彼らなりに「自分たちはこの罪を引き受けないといけない」という宗教性はあるんじゃないか？　そんなふうに言っているわけです。ドストエフスキーには、イエズス会、すなわちある種のカトリシズムに対する憧《あこが》れもあるように思いますね。

この大審問官と「彼」との対話は、作者イワンによれば、次のように終わるのです。

「こんな結末にするつもりだったんだ。審問官は口をつぐんだあと、囚人が何と答えるか、しばらく待ち受ける。相手の沈黙が彼には重苦しくてならない。囚人がまっすぐ彼の目を見つめ、どうやら何一つ反駁《はんばく》する気もない様子で、終始静かに誠実に耳を傾けていたのが、彼にはわかっていた。老審問官にしてみれば、たとえ苦い恐ろしいことでもいいから、相手に何か言ってもらいたかった。だが、相手はふいに無言のまま老人に歩みよると、血の気のない九十歳の老人の唇にそっとキスするのだ。これが返事のすべてなのだ。老人は身ぶるいする、唇の端で何かがぴくりと動く。老人は戸口に歩みより、扉を開けて言う。『出て行け、もう二度と来るなよ……まったく来ちゃならんぞ……絶対に、絶対にな！』そして《町の暗い広場》へ放してやるのだ。囚人は立ち去ってゆく」

（『カラマーゾフの兄弟』上巻六六一―六六二ページ）

アリョーシャが「で、老人は？」と訊《たず》ねると、イワン曰《いわ》く「今のキスは胸に残って燃えているのだが、老人は今までどおりの理念に踏みとどまるのさ」。

この青年は偽キリストなのか、本物のキリストなのか。青年は沈黙したままです。大審問官は自分の考えを、これでいいのだろうかという悩みも含めて、語り続ける。やがて青年は大審問官にキスをする。キスは和解の意味です。「あなたがそんな選択をすることが、私にはわかりました」ということだよね。大審問官は、青年がわかってくれたのかと嬉《うれ》しく思いながら、行動を変えることはなかった――ということですよね。

ここに到って、ドストエフスキーが、大審問官を肯定的に評価しているのは明らかではないでしょうか。ドストエフスキーは、現実の政治においては、大審問官のように振る舞わざるを得ないんだと考えている。少なくとも、そこに理解を示しているのだと思います。実はこの解釈は私だけではなく、例えばヨゼフ・ルクル・フロマートカも『破滅と再建』の中で、ドストエフスキーは大審問官を肯定的に評価していると見ています。

民衆と共にある長老

一般には、大審問官は否定的な対象として捉《とら》えられています。それに対して、肯定的に迎えられたのは、アリョーシャが所属する修道院の庵《あん》に住んでいるゾシマ長老です。彼は正教内での地位も高く、聖人として認められており、ご利益《りやく》に与《あずか》ろうと遠くからも大勢の善男善女が訪ねてくるような人物です。

このゾシマ長老は「再びロシアの大地の救いが出現するかもしれない」などと考えもするから、このへんはドストエフスキー独自の大地主義、土壌主義が入ってきています。やはり優れた作家にとって、登場人物たちはみんな――フョードルや大審問官にせよ、アリョーシャやイワンやゾシマ長老にせよ――多かれ少なかれ、自分の分身であるのでしょう。

さて、ゾシマ長老は「大審問官」のすぐ後の箇所でこう訴えます。

> ロシアの救いは民衆にかかっている。ロシアの修道院は昔から民衆とともにあった。民衆が孤独であれば、われわれもまた孤独である。民衆はわれわれの流儀で神を信じているのであり、神を信じぬ指導者はたとえ心が誠実で、知力が卓抜であろうと、わがロシアでは何一つできるはずがない。このことをおぼえておくがよい。民衆は無神論者を迎えてこれを倒し、やがて統一された正教のロシアが生れることだろう。民衆を大切にし、民衆の心を守らねばならない。静寂の中で民衆をはぐくみ育てる

ことだ。これこそ、あなた方修道僧の偉大な仕事である。なぜなら、この民衆は神の体現者にほかならないからだ。

（『カラマーゾフの兄弟』中巻一三〇―一三一ページ）

ここはじつにロシアらしい、面白い考え方なんです。

マルクス主義者だったのがロシア革命後に反共主義者に転じたニコライ・ベルジャーエフが『ロシア共産主義の歴史と意味』の中で、こんなことを言っています。

ロシアの共産主義について理解するには、マルクス主義の知識はまったく役に立たない。ロシアの思想家、知識人、インテリゲンツィヤという人たちはインテレクチュアルとは違う。つまり、そんなに知識の水準は高くなくてもいいんだ。ただ、その思考様式は独特で、自分の観念と行動を極力一致させていこうという意識がある。これはロシアの修道院における異端者のグループと似ている。この連中の歴史や意識を摑《つか》まないと、ボルシェビキというレーニンたちの現象は理解できない――。

このベルジャーエフの指摘が現われているのが、まさにこの箇所です。救いは民衆の中にあり、修道院は民衆と共に進まないといけないわけです。修道院は前衛で、たとえ教会が裏切っても、修道院の長老たちは民衆と結びついている。さらに、今の皇帝をトップとする権力は宗教を信じているように見せてはいるが、無神論者（この無神論者は『悪霊』のチホン僧正が言う〈無関心者〉のほう）がたくさんいる。今の教会だってそうだ。これを打倒して、民衆と本当に結びついた神の国を地上につくらないといけない。そんな考え方です。ロシア共産主義の源泉には宗教的な動機が潜んでいるのです。

聖人は腐らない？

ところが、このゾシマの考え方はキリスト教とかけ離れています。それが端的に現われているのは次の箇所です。

　兄弟たちよ、人々の罪を恐れてはならない、罪あるがままの人間を愛するがよい、なぜならそのことはすでに神の愛に近く、地上の愛の極致だからである。神のあらゆる創造物を、全体たるとその一粒一粒たるとを問わず、愛するがよい。木の葉の一枚一枚、神の光の一条《ひとすじ》一条を愛することだ。動物を愛し、植物を愛し、あらゆる物を愛するがよい。あらゆる物を愛すれば、それらの物にひそむ神の秘密を理解できるだろう。ひとたび理解すれば、あとはもはや倦《う》むことなく、日を追うごとに毎日いよいよ深くそれを認識できるようになる。そしてついには、もはや完璧《かんぺき》な全世界的な愛情で全世界を愛するにいたるだろう。動物を愛するがよい。神は彼らに思考の初歩と穏やかな喜びとを与えているからである。動物を怒らせ、苦しめ、喜びを奪って、神の御心にそむいてはならない。人間よ、動物に威張りちらしてはいけない。

（『カラマーゾフの兄弟』中巻一四一ページ）

ここはもうキリスト教では完全にアウトです。

重要なポイントですから、『悪霊』の章での説明をくり返しますよ。キリスト教では、人間には必ず罪があり、その罪から悪が生まれます。悪が人格化したものが悪魔ですね。罪があるままの人間というのは、悪魔になりうる存在です。だから人間は悔い改めることによって罪を贖《あがな》い、それで初めて愛される資格を得る。でも、ゾシマはそうは言っていない。「人々の罪を恐れてはならない、罪あるがままの人間を愛するがよい、なぜならそのことはすでに神の愛に近く、地上の愛の極致だからである」というのは「悪魔を愛せ。それが神の愛だ」と言っているのと同じです。

そして、「神のあらゆる創造物を、全体たるとその一粒一粒たるとを問わず、愛するがよい。木の葉の一枚一枚、神の光の一条一条を愛することだ。動物を愛し、植物を愛し、あらゆる物を愛するがよい」というのは、モーセの十戒の第二戒に背いていますよね。被造物を拝んではいけない、というのは、十戒のうちの大きな原則です。動物でも植物でもすべて被造物ですよ。そういうものを愛し、拝めというのは、キリスト教とは関係ない宗教ですよ。「動物を愛するがよい。神は彼らに思考の初歩と穏やかな喜びとを与えているからである」というのはもう動物崇拝で、やはりキリスト教とまったく関係ない。

　だからドストエフスキーはここで遊んでもいるんです。読者たちのキリスト教の知識がどの程度のものか、こういったことを書いて、「え！　これ、全然違うじゃない。キリスト教じゃないじゃない」と思う人がどれぐらいいるか、試しているわけです。日本のドストエフスキー読みには、わかる人、ほとんどいないんじゃないかな。

　でもドストエフスキーは、ゾシマが間違えていることを作品の中でちゃんと種明かしもしています。どこで？　ゾシマが死んだあと、ものすごい腐敗臭がするでしょ。ロシア正教においては「聖人は腐らない」という伝説がある。腐らずに、つまりミイラになるわけです。だからロシア正教の教会は、ニコライ堂も京都の正教会も必ず、不朽体と呼ばれる聖人の遺体を宝座（祭壇）の下に安置しています。

ところが、死んだゾシマからは腐敗臭がしてきた。それもほかの人よりも速く腐るし、もっと激しい腐敗臭がする。集まっていた信者たちはがっかりします。これはどういうことを意味している？　ゾシマが間違えた信仰をしていたということですよね。動物崇拝なんか主張していたのだから、当然です。

ちなみに、今でもモスクワにレーニン廟《びょう》は残っています。なぜレーニンのミイラをつくったの？　聖人は腐らないからですよね。レーニンが腐らなければ、レーニンは正しいということになる。スターリンが死んだあとも、ミイラにして一緒に入れていたんです。レーニン・スターリン廟と言っていました。スターリン批判のあと、スターリンのミイラだけ焼いちゃったんだけどね。「聖人は腐らない」というロシア正教の伝統は、共産党体制になっても生きていたわけです。

大地主義とネットワークの帝国

もっとも、次の箇所では、ドストエフスキーの信仰とゾシマの信仰が一致しているように思えます。

地位高き者をも、力強き者をも恐れてはならぬ、だが賢明で、常に心美しくあらねばならぬ。節度を知り、時期を知ること、それを学ぶがよい。孤独におかれたならば、祈ることだ。大地にひれ伏し、大地に接吻することを愛するがよい。大地に接吻し、倦むことなく貪婪《どんらん》に愛するがよい、あらゆる人を愛し、あらゆるものを愛し、喜びと熱狂を求めるがよい。喜びの涙で大地を濡《ぬ》らし、自分のその涙を愛することだ。その熱狂を恥じずに、尊ぶがよい。なぜなら、それこそ神の偉大な贈り物であり、多くの者にではなく、選ばれた者にのみ与えられるものだからである。

（『カラマーゾフの兄弟』中巻一四九ページ）

大地へ接吻することが救済になるという、ロシアの土地と結びついた独自の信仰が現われています。これは『罪と罰』などでも露《あら》わだったように、ドストエフスキーがずっと持っている宗教心の根っこですね。この土地を守るのが皇帝、という考え方です。

これはナチス・ドイツの考え方と一見似ているようで、じつは異なります。ナチスが大切にしたのは「血と土」です。ドストエフスキーの場合、大切なのは土だけで、血は関係ない。なぜかと言うと、ロシアは多民族国家だから、血を持ち込むと、ロシアの際限なき分裂になってしまうから。

このドストエフスキー的な大地主義は、いまプーチンの中にも見ることができます。プーチンが考えているロシアは、第一義的にロシアという土地です。宗教も民族も人種も関係がない。このロシアの土地というのは、ヨーロッパでもアジアでもない。ユーラシアという独自の土地であって、この土地と結びついた独自の発展法則がある。明らかに、プーチンはそういう感覚を持っています。

そんなプーチンにとって、ロシア国家は帝国でないといけないわけです。この「帝国」というのは領域拡張型帝国ではなく、ネットワークの帝国です。要するに、ビザンチン（東ローマ）帝国型なんだ。ビザンチンが一〇〇〇年以上ももったのは、ネットワークであっちこっちと関係を持って築いていたおかげですよね。プーチンがシリアでも中国でも手の組めるところとどんどん組んでいっているのは、ネットワーク型帝国を目指しているからですよ。

アリョーシャの行末は

私が一九八七年一〇月と一一月の二カ月だけ、モスクワ大学で机を並べていた学友にアレクサンドル・カザコフ君がいます。拙著『自壊する帝国』の事実上の主人公と呼んでいいサーシャですね。

あの年の一一月にエリツィンがモスクワ市の共産党第一書記から解任されましたが、それに反対するデモの首謀者の一人がサーシャでした。揚句、彼の周辺の連中はみんな徴兵されたのですが、彼は知り合いの精神科医に「潜在的精神分裂症の可能性があるから、軍隊のような圧力の強いところにいると銃を乱射するかもしれない」みたいなメチャクチャな診断書を書いてもらって兵役を逃れて、リガ（現在のラトビアの首都）へ行って、「こんなとんでもない国、ぶっ壊してやる」とソ連崩壊運動を始めた。ソ連が崩壊したとき、彼はラトビア人民戦線の幹部でした。

ところが、ソ連崩壊後に私がモスクワで会うと、サーシャは浮かない顔をしている。「ラトビア人が幅を利《き》かせて、ロシア人をいじめ始めた。こんな国をつくるために闘ったつもりはなかった。革命は起こさない形の、新しい保守的な社会主義が必要だ」と言って、今度はラトビアでロシア人の人権擁護運動を始めたら、二〇一四年にラトビアから国外追放になった。するとプーチンの側近の一人から「仕事を手伝わないか」と誘われてクレムリンと縁ができ、ウクライナの東にあるドネツク人民共和国って、ロシア版満洲《まんしゅう》国みたいな国で武装指導者ザハルチェンコの顧問を務めたりもした。やることが極端と言えば極端なんだけど、彼もやはり〈未成年〉なんだと思うな。完成ということがなく、絶えず運動していかないといけない人間なのです。

二〇一八年にザハルチェンコが爆弾テロで殺され、これで落ち着けるかなとサーシャはロシアへ戻って、いまはプーチン政権を支持する青年運動を行っています。そんな中、「プーチンにイデオロギーがないと勘違いされているのはよくない」と、サーシャはプーチンの思想や戦略を読み解いた『ウラジーミル・プーチンの大戦略』という刺激的な本を書いた。日本では東京堂出版から二一年夏に出ました。

その本を読むと、ドストエフスキーが『カラマーゾフの兄弟』で描いた「大審問官」の思想、そしてゾシマ長老の大地主義などが、今なおプーチンという形で生き延びていることが分かります。

では、ドストエフスキーが描いた最後の、そして最も魅力ある〈未成年〉アリョーシャが、この後どうなるかに触れて終わりましょう。

彼はゾシマを尊敬しているけれど、ドストエフスキーはゾシマの信仰心は間違っていると考えています。それは遺体を腐らせたことでも明らかですね。

すると、ゾシマを模範とするアリョーシャがこの後、修道院を出て、ロシア社会で行っていくのは、おそらく国家＝正教に対する反逆、革命運動ですよ。「大審問官」の直前、アリョーシャがイワンと話している中で、犬をけしかけて子供を嬲《なぶ》り殺しにするような奴は殺しちまえ！　と激情に駆られて叫ぶ名場面があります。それを見たイワンが「ほら、お前の心の中にも小さな悪魔がひそんでいるじゃないか」とアリョーシャを冷やかす、印象的なエピソード。あの場面には、アリョーシャが自分の信じる正義のために革命を志していく萌芽《ほうが》があるように読めます。

その革命運動の中でアリョーシャは徹底的に傷ついて滅び去っていくのか、誰かの犠牲になるのか、本当のキリスト教へと回心していくのか。そのあたりが『カラマーゾフの兄弟』第二部の大きなテーマだったのだろう、というのが私の考えです。

あとがき

一風変わったドストエフスキーの入門書が出来上がった。ただし、奇を衒《てら》うような解釈はしていないつもりだ。

本書を文学事典や百科事典を再編したような案内書にはしたくなかった。コロナ禍で世界は大きく変容しつつある。そのような状況でわれわれ一人ひとりが生き抜くために必要な知恵を盛り込んだ究極の実用書にしたかった。

ドストエフスキーについて語る場合、私には他の論者（ロシア文学者、文芸批評家、神学者）とは異なる３つの経験がある。この内、１つか２つを経験している論者（例えば内村剛介《うちむらごうすけ》氏、埴谷《はにや》雄高《ゆたか》氏、エドゥアルト・トゥルナイゼン氏、ニコライ・アレクサンドルヴィチ・ベルジャーエフ氏など）は、いると思う。しかし、３つとも経験している人は私しかいないと思う。

第1は、私の基礎教育がキリスト教神学であることだ。私はキリスト教の公理系を理解した上でドストエフスキーを読む。だからゾシマ長老に対する幻想を持たない。ゾシマは動物崇拝（偶像礼拝）を推奨し、人間の原罪を肯定する。罪のある人をそのまま愛せということは、悔い改めへの道を閉ざす結果をもたらす。ゾシマの言説は、キリスト教の公理系を逸脱している。ゾシマの遺体が激しい腐臭を放つのは、この男が神から選ばれた者ではないことを示す象徴的な出来事だ。だから私はゾシマを理想のキリスト教徒とする解釈は取らない。

第2は、私が実務家（外交官）としてモスクワで7年8カ月間生活した経験を持つことだ。私には、ロシア人の思考、生活における多重性が皮膚感覚としてわかる。ドストエフスキーの文体の特徴は多声性（ポリフォニー）にあると言われるが、これはロシア人の日常生活そのものである。ドストエフスキーの小説からは、表面的なテキストとは別のメッセージが行間から伝わってくるのである。ここで強調しておきたいのは「表の読み」も「裏の読み」もいずれも正しいということだ。錬金術師は、「曖《あい》昧《まい》なることを説明するに一層曖昧なることを以《も》って、未知なることを説明するに一層未知なることを以って」と述べたが、ドストエフスキーを含めロシアの知識人には錬金術師のような思考をする者が少なからずいる（ドストエフスキーがルーレット賭《と》博《ばく》に熱中したのも錬金術の実践と見ることができる）。

第3は、ドストエフスキーも私も、自らが所属する国家の暴力性と温かさを経験として知っていることだ。ドストエフスキーは、国家反逆罪で逮捕され、軍法会議で死刑判決を言い渡された。しかし、銃殺刑執行の直前に皇帝による恩赦によってシベリア流刑《るけい》に減刑された。国家はドストエフスキーから命を奪うことが出来ると同時に同人に命を与えることもできる。ドストエフスキーにとって統治機構としての国家は「裁く神」のような厳しさを持つ存在だった。対して「赦《ゆる》す神」に相当するのがロシアの大地だ。もっとも大地は神によって造られたものである。キリスト教では、大地を含む被造物を拝むことは偶像崇拝として禁止されている。ロシアの大地に救済を求めるドストエフスキーの信仰は、キリスト教の公理系を逸脱している。

私の場合、ドストエフスキーと較《くら》べるとはるかにスケールの小さい体験であるが、北方領土交渉絡《がら》みの鈴木宗男《むねお》事件に連座して2002年5月14日、東京地方検察庁特別捜査部によって逮捕され、東京拘置所の独房に512日間勾留《こうりゅう》された。最後の6カ月間、独房の両隣にいたのは確定死刑囚だった。死刑囚と隣接した生活は、私の人生観、価値観に無視できない影響を与えた。特に連合赤軍事件で死刑が確定した坂口弘氏（1946年11月12日生まれ）については、生きた時代と人間的巡り合わせが異なれば（例えば、私がキリスト教に触れることなく過激なマルクス主義者になっていた場合）、坂口氏のいる場所に私がいてもおかしくないと思った。

東京拘置所では２００３年3月22日に半世紀に一度の大行事があった。新獄舎への引っ越しだ。新獄舎には冷暖房が完備されている。新北舎3階に居住していた囚人は新獄舎B棟8階に移動した。最初、私は畳に黒い縁がついていない自殺防止房に収容された。4月7日、B棟8階の責任者から、「ちょっとお願いがあるんだけど。房を替わってもらえないかな。ちょっと難しい人たちのいるところで、そこに挟まれているとみんな参っちゃうんだけれど、あなたなら大丈夫だと思うから頼む」という話があった。

看守たちには、いつも世話になっているので、私は2つ返事で引き受けた。新しい独房は32房だった。畳には黒い縁取りがしてある。自殺防止房ではないようだ。もっとも、このときの私は、両隣が確定死刑囚であるとは夢にも思っていなかった。

坂口氏は、歌人でもある。歌集で私について言及している。

「隣に来よ隣に来よと念じをれば隣にまさしくその人移り来」（坂口弘『歌集　暗黒世紀』ＫＡＤＯＫＡＷＡ、２０１５年、74頁）。他にこんな歌も詠《よ》んでいる。「へや出でて横目に見れば手枕して隣人は何か考へゐるらし」「こもらずに運動せむと誘ひたしつね物書ける隣の人に」「隣人の保釈を伝ふる記事がありきぞ出でし彼に気づかざりけり」（前掲書、74〜77頁）。「へや出でて横目に見れば手枕して隣人は何か考へゐるらし」というのは、独房の畳に横たわって考え事をしている私の姿を詠《うた》っている。「こもらずに運動せむと誘ひたしつね物書ける隣の人に」というのも、週3回（夏は週2回）の運動を辞退して、本を読みながらノートを作成していた私のことだ。「隣人の保釈を伝ふる記事がありきぞ出でし彼に気づかざりけり」ということだが、坂口氏は２０１５年10月8日夕刻の私の保釈に気づかなかったようだ。私は坂口氏の姿を廊下から眺めた。坂口氏は小机に向かいえび茶色の表紙をした中央公論「世界の名著」を読んでいた。いつか私なりの『死の家の記録』を書いて、東京拘置所の人々について記録を残したいと思っている。いずれにせよ東京地検特捜部の取り調べ、５１２日間の勾留、裁判官が検察官の主張を追認するに過ぎない7年間の公判を通じて、日本国家の暴力性を私の身体がよく理解している。

　他方、私に英国陸軍語学学校、モスクワ国立大学でロシア語を研修する機会を与えてくれたのも日本国家だ。日本国家の庇護（外交特権）の下で私はモスクワで思う存分活動して、知識と人脈を身に付けた。この経験がなければ、私が職業作家として自立することはできなかったであろう。この点で私は日本国家の温かさに感謝している。

ドストエフスキーも私も自分が所属する国家に対して親しみと恐怖感を同時に抱いている。私の国家に対するアンビバレントな感覚がドストエフスキーを読む際に役立っていると思う。

私とドストエフスキーで決定的に異なるのがキリスト教信仰に対する態度だ。ドストエフスキーはロシア帝国とキリスト教（ロシア正教会）に対する忠誠心を過剰に表明する。信仰を過剰に表明するということは、信じることができないという現実の裏返しだ。ドストエフスキーの信仰には揺らぎがある。対して私のキリスト教信仰には揺らぎがない。これは私が同志社大学神学部２回生のときにチェコのプロテスタント神学者ヨゼフ・ルクル・フロマートカの思想に触れ、未《いま》だその影響圏から抜け出すことができないことと関係している。この点については別の機会に詳しく論じたいと思う。フロマートカのドストエフスキー観に関心のある方はロマデカ（フロマートカのこと）『破滅と再建』（土山牧羔《ぼっこう》訳、創元社、１９５０年）に目を通していただきたい。私の大審問官に対する肯定的評価はフロマートカの解釈を踏襲したものであることが理解していただけると思う。

ドストエフスキーの激しさは、決して悪いことではない。私は本書を書きながら、

「ヨハネの黙示録」に記されたラオディキアの教会の人々に対するメッセージが何度も頭に浮かんだ。

〈ラオディキアにある教会の天使に、こう書き送れ。『アーメンである方、忠実で真実な証人、神に造られたものの源である方が、こう言われる。「私はあなたの行いを知っている。あなたは、冷たくもなく熱くもない。むしろ、冷たいか熱いかであってほしい。熱くも冷たくもなく、生温《なまぬる》いので、私はあなたを口から吐き出そう。（後略）」』〉（聖書協会共同訳「ヨハネの黙示録」3章14〜16節）

私も作家としては、熱くあるか、冷たくあるかのいずれかでありたいと思っている。真理は常に極端な言説の中で、明確な姿を取るということを私はドストエフスキーの小説を通じて学んだからだ。

本書を上梓《じょうし》するにあたっては新潮社の皆様にたいへんお世話になりました。ドストエフスキー生誕２００年の機会に「佐藤さん流の入門書を書いた方がいい」と慫慂《しょうよう》してくださったのが、作家・佐藤優の生みの親である伊藤幸人氏です。伊藤氏のイニシアティブなくしては、このような作品が世に出ることはありませんでした。新潮講座と書籍化においては、上田恭弘氏、小林由紀氏、楠瀬啓之氏、竹中宏氏、菊池亮氏にもたいへんお世話になりました。どうもありがとうございます。

2021年8月17日、曙橋（東京都新宿区）の自宅にて

佐藤優

ドストエフスキー　年譜

一八二一年（文政四年）十月三十日（新暦十一月十一日）、モスクワのマリヤ貧民施療病院の官舎（現在はドストエフスキー博物館）に、同病院の医師ミハイル・アンドレーヴィチの次男として生れた。母マリヤ・フョードロヴナはモスクワの商家の出。兄ミハイルは一八二〇年生れ。

一八三一年（天保二年）十歳　父がトゥーラ県にダロヴォエ、チェルマシニャ両村からなる領地を購入、夏、作家はここを訪れ、『百姓マレイ』のエピソードを体験。シラーの『群盗』の芝居に感銘。

一八三三年（天保四年）十二歳　一月、兄とともにドラシューソフの塾に通いはじめる。

一八三四年（天保五年）十三歳　秋、文学教育で有名なモスクワのチェルマーク寄宿学校に入学。

一八三七年（天保八年）十六歳　一月、文学的熱中の対象であったプーシキンの死に衝撃を受ける。二月、母死去。五月、兄とともにペテルブルグに移り、コストマーロフ大尉《たいい》の予備校にはいる。夏、のちの作家グリゴローヴィチを知り、詩人シドロフスキーから感化を受ける。

一八三八年（天保九年）十七歳　一月、工兵士官学校に入学。ホフマン、バルザック、ゲーテ、ユゴーなどを耽読《たんどく》。十月、進級試験に落第。

一八三九年（天保十年）十八歳　六月、父ミハイル持村の農奴に惨殺《ざんさつ》さる。

一八四〇年（天保十一年）十九歳　シラー、ホメーロス、フランス古典悲劇などを読み、劇作を試みる。

一八四一年（天保十二年）二十歳　二月、兄の家で自作の戯曲『マリヤ・スチュアルト』『ボリス・ゴドゥノフ』を朗読。八月、工兵少尉補に任官。

一八四二年（天保十三年）二十一歳　八月、試験に及第、少尉となる。

一八四三年（天保十四年）二十二歳　八月、工兵士官学校を卒業、ペテルブルグ工兵局製図課勤務となる。九月、医師リーゼンカンプと同居、困窮して高利貸より借金。十二月、バルザック『ウージェニー・グランデ』の翻訳にかかる。

一八四四年（弘化《こうか》元年）二十三歳　二月、少額の一時金で領地の相続権を放棄。六―七月、「レパートリーとパンテオン」誌に『ウージェニー・グランデ』の翻訳発表。九月、退職願を提出。『貧しき人びと』執筆。十月、中尉に昇進して退官、グリゴローヴィチと同居する。

一八四五年（弘化二年）二十四歳　四月、『貧しき人びと』を完成。五月、グリゴローヴィチとネクラーソフ、この原稿を読んで感動、朝の四時に作者を訪ね、「新しいゴーゴリ」の出現を祝福する。ベリンスキーに紹介され、彼からも絶讃《ぜっさん》を受ける。夏、レーヴェルの兄のもとで『分身』起稿。十一月、ツルゲーネフを知り、パナーエフ家のサロンに通う。

一八四六年（弘化三年）二十五歳　一月、『貧しき人びと』を掲載した「ペテルブルグ文集」刊行。春、ペトラシェフスキーとめぐり合い、関心を惹《ひ》かれる。十一月、ネクラーソフの雑誌「現代人」同人と決裂。この年、アポロン・マイコフ、ワレリヤン・マイコフ、「祖国雑記」編集長クラエフスキーらを知る。二月、『分身』　十月、『プロハルチン氏』

一八四七年（弘化四年）二十六歳　一―四月、ベリンスキーと不和になり、ペトラシェフスキーのサークルに通いはじめる。

一月、『九通の手紙にもられた小説』四―六月、『ペテルブルグ年代記』十―十一月、『主婦』『貧しき人びと』（十一月、プラッ社刊）

一八四八年（嘉永《かえい》元年）二十七歳　一月、「現代人」誌でベリンスキー『貧しき人びと』を書評、三月には『一八四七年のロシア文学概観』で『主婦』を酷評。五月、ベリンスキー死す。秋、スペシネフを知り、プレシチェーエフ宅でペトラシェフスキー会と別の集まりをもつ。

一月、『人妻』二月、『弱い心』『ポルズンコフ』四月、『苦労人の話』（後に『正直な泥棒』と改題）九月、『クリスマス・ツリーと結婚式』十二月、『白夜』『やきもち焼きの夫、異常な事件』

一八四九年（嘉永二年）二十八歳　一月、スペシネフ、ドゥーロフらと近づき、秘密出版所設置計画にも加担。四月、ペトラシェフスキー会でベリンスキーのゴーゴリへの手紙を朗読。四月二十三日、早朝逮捕され、ペトロパヴロフスク要塞《ようさい》に監禁。五月、予審取調べ。九月、ペトラシェフスキー会員公判開始（十一月結審、死刑判決）。十二月二十二日、セミョーノフ練兵場で処刑の直前に特赦、懲役四年、刑期終了後一兵卒として勤務の判決を受ける。二十四日、シベリアへ護送。
一―二月、『ネートチカ・ネズワーノワ』

一八五〇年（嘉永三年）二十九歳　一月九日、トボリスク到着、デカブリストの妻たちから福音書を贈られる。一月二十三日、オムスク監獄に到着、以後一八五四年二月までここで服役。

一八五四年（安政元年）三十三歳　三月、セミパラチンスク守備隊に一兵卒として編入。春、地方官吏イサーエフとその妻マリヤを知り、夫人に恋する。十一月、ヴランゲリ男爵《だんしゃく》、検事として着任、作家と親交を結ぶ。

一八五五年（安政二年）三十四歳　三月、イサーエフ一家、クズネックへ移転、八月、イサーエフ死去。『死の家の記録』の執筆を始める。

一八五六年（安政三年）三十五歳　三月、トトレーベン宛《あ》てに兵役免除、出版許可の嘆願書。十月、下士官に昇進。

一八五七年（安政四年）三十六歳　二月、クズネックでマリヤ・イサーエワと結婚、帰途、強度の癲癇《てんかん》の発作を起す。四月、士族の称号回復。

八月、『小英雄』

一八五八年（安政五年）三十七歳　一月、軍務免除、モスクワ居住許可を求めた嘆願書を書く。

一八五九年（安政六年）三十八歳　三月、少尉として退官、トヴェリ居住許可さる。七月、トヴェリに出発（八月半ば到着）。十一月、ペテルブルグ居住を許可され、十二月、首都に帰る。

三月、『伯父さまの夢』　十一―十二月、『ステパンチコヴォ村とその住人』

一八六〇年（万延元年）三十九歳　九月、兄ミハイルと共同編集の雑誌「時代」の発刊広告。九月、『死の家の記録』を「ロシア世界」に連載。

一八六一年（文久元年）四十歳　一月、「時代」誌創刊。オストロフスキー、グリゴーリエフ、ドブロリューボフらと知り合う。

一―七月、『虐《しいた》げられた人びと』

一八六二年（文久二年）四十一歳　六月、最

初の国外旅行に出発、パリ、ロンドン、ケルン、スイス、イタリアを訪れ、その間ゲルツエン、バクーニンと会う。年末、アポリナリヤ・スースロワと交際。

一月—十二月、『死の家の記録』十一月、『いまわしい逸話』

一八六三年（文久三年）四十二歳　年初より「現代人」誌の「時代」誌批判激化。五月、「時代」誌発禁。八月、海外旅行に出発、パリでスースロワと落合い、イタリア旅行。九月、バーデン・バーデンで賭博《とばく》にふけり、ツルゲーネフから借金。十月帰国。

二—三月、『冬に記《しる》す夏の印象』

一八六四年（元治元年）四十三歳　三月、新雑誌「世紀」創刊。四月十五日、妻マリヤ死去。七月十日、兄ミハイル死去。この年、「現代人」誌への反論を「世紀」誌に執筆。

三—四月、『地下室の手記』

一八六五年（慶応元年）四十四歳　三—四月、アンナ・コルヴィン・クルコフスカヤをしばしば訪問、求婚して拒絶される。六月「世紀」廃刊。七月、国外旅行に出発、ヴィスバーデンで賭博にふけり、一文なしの身で『罪と罰』の構想をまとめ、「ロシア報知」編集長カトコフに売りこむ。十月帰国、十一月、『罪と罰』の第一稿を焼却。

二月、『異常な事件、またの名は勧工場の椿《ちん》事《じ》』

『ドストエフスキー全集』一、二巻（年末、ステロフスキー刊）

一八六六年（慶応二年）四十五歳　四月、カラコーゾフの皇帝暗殺未遂事件に衝撃を受ける。夏、リュブリノの別荘で姪《めい》ソフィヤ・イワノワと親しくなる。十月、速記者アンナ・スニートキナに『賭博者』を口述筆記。十一月、アンナに結婚申込み。

一―十二月、『罪と罰』『ドストエフスキー全集』第三巻（年末、ステロフスキー刊）

一八六七年（慶応三年）四十六歳　二月十五日、アンナ・スニートキナとの結婚式。四月、国外旅行（四年余にわたる）に出発。ドレスデンで「シスチナのマドンナ」を見る。六月、バーデンでツルゲーネフと喧嘩《けんか》。八月、バーゼルの美術館でホルバインの「イエス・キリストの亡骸《なきがら》」に衝撃を受ける。ジュネーヴでガリバルジ、バクーニンらの「平和・自由連盟」の第一回大会を傍聴。九月、『白痴』起稿。

一八六八年（明治元年）四十七歳　姪のソフィヤに『白痴』では「真に美しい人間」を書きたいと手紙。二月、長女ソフィヤ誕生（五月死亡）。八月ヴェーヴェ、九月ミラノ、十一月フローレンスに滞在。十二月、アポロン・マイコフへの手紙で『無神論』の構想を語る。

一―十二月、『白痴』

一八六九年（明治二年）四十八歳　八月、ドレスデン到着。九月、次女リュボフィ誕生。十一月二十一日、「国民制裁協会」のネチャーエフ、ペトロフスキー大学の学生イワノフを裏切り者として殺害、作家の異常な関心をそそる。十二月、大長編『偉大なる罪人の生涯』のノートを取る。

一八七〇年（明治三年）四十九歳　三月、マイコフ宛ての手紙で、ニヒリスト批判の『傾向的な作品』（『悪霊《あくりょう》』の原型）と『偉大なる罪人の生涯』の構想を知らせる。八月、姪ソフィヤに『悪霊』の難航、新しい構想による書き直しを知らせる。十月、『悪霊』の最初の部分を「ロシア報知」に送る。カトコフ、マイコフ宛ての手紙で作品のテーマを詳述。

一—二月、『永遠の夫』

『ドストエフスキー全集』第四巻（十月、ステロフスキー刊）

一八七一年（明治四年）五十歳　三—五月、パリ・コミューンに関心を惹かれる。七月、国外滞在中の手稿を焼却。七月一日、ネチャーエフ事件の裁判はじまる。七月帰国。長男フョードル誕生。

一—十一月、『悪霊』

一八七二年（明治五年）五十一歳　冬、国家評議員ポベドノースツェフを知る。五—九月、スターラヤ・ルーサに滞在。十二月、週刊誌「市民」の編集長となる。

十一—十二月、『悪霊』（第三部）

一八七三年（明治六年）五十二歳　一月、「市民」創刊、同誌に『作家の日記』を連載。アレクサンドル皇太子に『悪霊』献呈。二月、『悪霊』についてミハイロフスキーの批評が出、「市民」でドストエフスキーが反論。

一八七四年（明治七年）五十三歳　一月、「市民」編集長辞任。五月よりスターラヤ・ルーサに住む。十月、ネクラーソフの「祖国雑記」に『未成年』掲載を約束。

一八七五年（明治八年）五十四歳　八月、次男アレクセイ誕生。九月、ペテルブルグへ帰る。十一月、『作家の日記』刊行の準備にかかる。十二月、孤児問題に関心をもつ。

一—十二月、『未成年』

一八七六年（明治九年）五十五歳　一月より『作家の日記』を刊行。十一月、アレクサンドル皇太子に『作家の日記』を献呈。

一月、『キリストの樅《もみ》の木に召された少年』（『作家の日記』）二月、『百姓マレイ』（『作家の日記』）『百歳の老婆《ろうば》』（『作家の日記』）

十一月、『おとなしい女』（『作家の日記』）

一八七七年（明治十年）五十六歳　七月、ダ

ロヴォエ村訪問。十二月、アカデミー通信会員に選出。ネクラーソフ死去、墓前で演説。

二月、『アンナ・カレーニナ論』（『作家の日記』）四月、『おかしな男の夢』（『作家の日記』）

一八七八年（明治十一年）五十七歳　三月、ザスーリチ裁判を傍聴。五月、次男アレクセイ死亡。六月、哲学者ソロヴィヨフとともにオプチナ修道院を訪れ、『カラマーゾフの兄弟』の構想を語る。この年、長編の執筆を開始。

一八七九年（明治十二年）五十八歳　夏、一家スターラヤ・ルーサに住み、コルヴィン・クルコフスカヤと交際。七―九月、ドイツの鉱泉地エムスで療養。

一―十一月、『カラマーゾフの兄弟』

一八八〇年（明治十三年）五十九歳　二月、スラブ慈善協会副会長に選ばる。六月、プーシキン記念像除幕式に参加、記念講演を行い、感銘を与える。八月より『作家の日記』復刊。

一―十一月、『カラマーゾフの兄弟』　六月、『プーシキンについて』

一八八一年（明治十四年）六十歳　一月二十六日、咽喉《いんこう》部より出血、意識を失う。二十八日、家族に別れを告げ、午後八時三十八分永眠。二月一日、アレクサンドル・ネフスキー寺院で葬儀。

新潮文庫版『カラマーゾフの兄弟』『罪と罰』『悪霊』ならびに新潮社版『ドストエフスキー全集』別巻の年譜を元に作成した。

本書は令和三年（二〇二一年）六月二日、七日、三〇日に行われた佐藤優氏の新潮講座「入門ドストエフスキー～21世紀に長編小説を読む意味～」を活字化した文庫オリジナルである。

新潮講座ホームページ　https://kohza.shinchosha.co.jp/

生《い》き抜《ぬ》くためのドストエフスキー入門《にゅうもん》

—「五大長編」集中講義—

新潮文庫　さ-62-11

令和三年十一月一日発行

著者　佐《さ》藤《とう》優《まさる》

発行者　佐藤隆信

発行所　株式会社 新潮社

郵便番号　一六二—八七一一
東京都新宿区矢来町七一
電話　編集部(〇三)三二六六—五四四〇
　　　読者係(〇三)三二六六—五一一一
https://www.shinchosha.co.jp

価格はカバーに表示してあります。

乱丁・落丁本は、ご面倒ですが小社読者係宛ご送付ください。送料小社負担にてお取替えいたします。

印刷・錦明印刷株式会社　製本・錦明印刷株式会社

ISBN978-4-10-133182-9 C0195